王の逃亡

小説フランス革命７

佐藤賢一

王の逃亡　小説フランス革命7　目次

地図・関連年表デザイン／今井秀之

【前巻まで】

1789年。フランス王国は深刻な財政危機に直面し、民衆は飢えに苦しんでいた。財政再建のため、国王ルイ十六世は全国三部会を召集。聖職代表の第一身分、貴族代表の第二身分、平民代表の第三身分の議員たちがヴェルサイユに集う。しかし特権二身分の差別意識から議会は空転。ミラボーやロベスピエールら第三身分が自らを憲法制定国民議会と改称すると、国王政府は議会に軍隊を差し向け、大衆に人気の平民大臣ネッケルも罷免した。

たび重なる理不尽に激怒したパリの民衆は、弁護士デムーランの演説をきっかけに蜂起し、圧政の象徴、バスティーユ要塞を落とす。ミラボーの立ち回りで国王に革命と和解させることに成功、議会で人権宣言も策定されるが、庶民の生活は苦しいまま。不満を募らせたパリの女たちがヴェルサイユ宮殿に押しかけ、国王一家をパリへと連れ去ってしまった。

王家を追って、議会もパリへ。オータン司教タレイランの発案で、聖職者の特権を剝ぎ取る教会改革が始まるが、聖職者民事基本法をめぐって紛糾。王権擁護に努めるミラボーは、病魔におかされながらも政界を登りつめてゆくが、志半ばにして死没する。

ヴァレンヌ事件関連地図

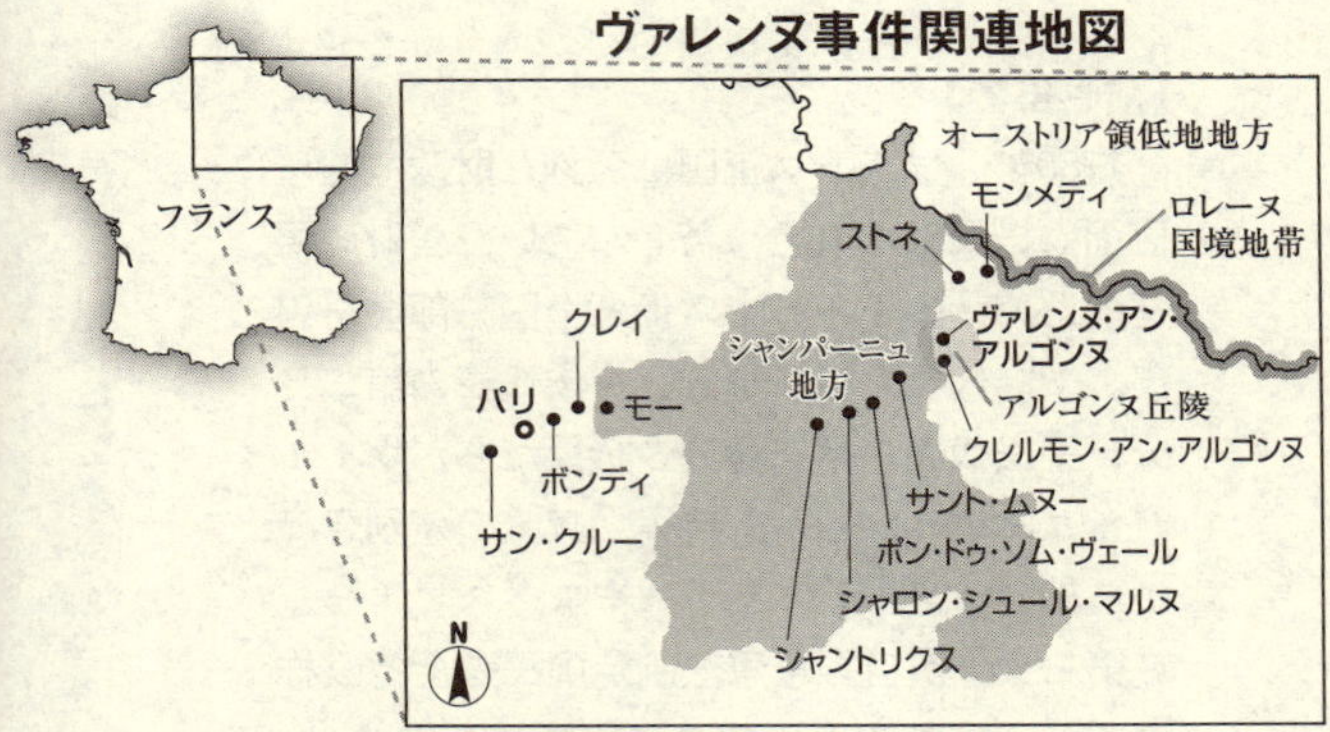
フランス
オーストリア領低地地方
モンメディ
ストネ
ロレーヌ
国境地帯
ヴァレンヌ・アン・
アルゴンヌ
アルゴンヌ丘陵
クレルモン・アン・アルゴンヌ
シャンパーニュ
地方
クレイ
パリ
モー
ボンディ
サン・クルー
サント・ムヌー
ポン・ドゥ・ソム・ヴェール
シャロン・シュール・マルヌ
シャントリクス
N

革命期のパリ市街図

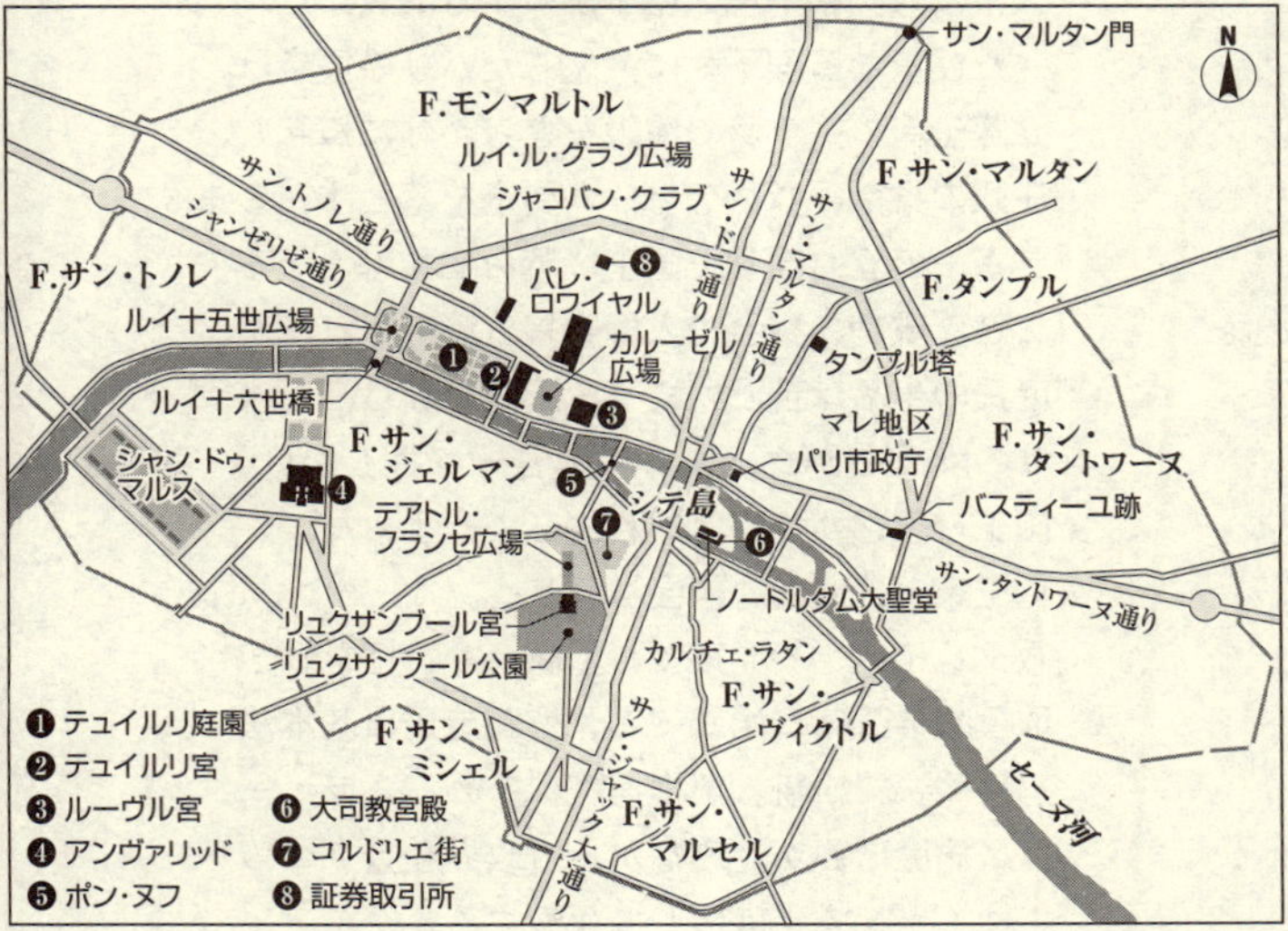
サン・マルタン門
N
F.モンマルトル
ルイ・ル・グラン広場
ジャコバン・クラブ
サン・トノレ通り
シャンゼリゼ通り
F.サン・トノレ
サン・ドニ通り
サン・マルタン通り
F.サン・マルタン
F.タンプル
パレ・
ロワイヤル
カルーゼル
広場
ルイ十五世広場
ルイ十六世橋
タンプル塔
マレ地区
F.サン・
ジェルマン
シャン・ドゥ・
マルス
パリ市政庁
F.サン・
タントワーヌ
シテ島
バスティーユ跡
テアトル・
フランセ広場
ノートルダム大聖堂
サン・タントワーヌ通り
リュクサンブール宮
リュクサンブール公園
カルチェ・ラタン
F.サン・
ヴィクトル
F.サン・
ミシェル
サン・ジャック大通り
F.サン・
マルセル
セーヌ河
❶ テュイルリ庭園
❷ テュイルリ宮
❸ ルーヴル宮
❹ アンヴァリッド
❺ ポン・ヌフ
❻ 大司教宮殿
❼ コルドリエ街
❽ 証券取引所

＊主要登場人物＊

ルイ十六世　フランス国王
マリー・アントワネット　フランス王妃
フェルセン　スウェーデン貴族
ラ・ファイエット　アメリカ帰りの開明派貴族。第二身分代表議員
ロベスピエール　弁護士。第三身分代表議員
ミラボー　元第三身分代表議員。1791年4月、42歳で病没
デュポール　第二身分代表議員。三頭派の立案担当
ラメット　第二身分代表議員。三頭派の工作担当
バルナーヴ　第三身分代表議員。三頭派の弁論担当
ブイエ　将軍。東部方面軍司令官
プロヴァンス伯　王弟
エリザベート　王妹
ムスティエ　ルイ十六世の従者。元近衛兵
ヴァロリ　ルイ十六世の従者。元近衛兵
マルダン　ルイ十六世の従者。元近衛兵
ドルーエ　サント・ムヌーの宿駅長
ソース　ヴァレンヌの助役
デステ　ヴァレンヌの判事

Eh bien oui,
je suis votre roi.

「いや、ああ、そうだ。
私こそ諸君らの王である」
（ルイ16世　1791年６月22日
逃亡先のヴァレンヌで自ら正体を明かしたときの言葉）

王の逃亡

小説フランス革命7

1──溜め息

溜《た》め息ばかり吐《つ》いていても始まらない。わかっていながら、ルイは再び溜め息だった。──なにせ身動きひとつ取れないのだ。

重苦しい息遣いが、窮屈な車室に籠《こも》っていた。大型の四輪馬車であるとはいえ、やはり快適な空気が守られているとはいえなかった。

テュイルリ宮の車寄せ、大時計棟の玄関前まで回させて、家族で乗りこむまではよかった。その直後に不測の事態に見舞われたのだ。

まだいくらか肌寒いながら、パリも天気は悪くなかった。建物の石は乾いていたし、なにより庭園のほうでは、あちらこちら明るい色の花も開いて、なるほど、待たれた春である。

それで家になどジッとしていられなくなったのか、正門を出たところのカルーゼル広場に、なにやら集会があるなあとは、その前から覗《のぞ》きみていた。が、こちらの動きを認めるや、門を潜《くぐ》り、鉄柵《てっさく》を乗り越えて、殺到してくるとは思わなかったのだ。

あれよという間にテュイルリ宮の前庭が、冴《さ》えない暗色の虜《とりこ》にされた。

いや、王の馬車、侍従の馬車、女官の馬車と取り囲んで、それが笑顔で万歳を唱えるというのなら、馴《な》れない話というべきでなかった。ああ、君主を慕う臣民の熱情というものは、こちらの許容の範囲を超えて、しばしば高じてしまうのだ。そう考えて、ルイも最初は苦笑で応じたのみだったが、ややあって、なにやら様子が違うことに気づかされた。

車窓の向こうに覗いた顔は、ことごとくが醜く歪《ゆが》んだものだった。叫ばれていたのも、どうやら罵声《ばせい》のようだった。そこは下々の言葉であり、容易に理解ならないながら、抑えがたい怒りの表明であることだけは、難なく察せられたのだ。

雰囲気や仕種《しぐさ》から推すならば、なかには卑猥《ひわい》な言葉を投げかける輩《やから》もいた。

――この朕《ちん》に向かって……。

驚きに唖然《あぜん》としている場合ではなかった。といって、なんらかの別な対応が可能だったわけでもない。今さら慌てて、とにかく逃げたいと欲しても、とうに馬車は取り囲まれてしまっていた。押しよせる群集の圧力で、もう扉さえ満足に開かないと思われた。

だからこそ、ルイは溜め息ながらに自問するしかなかったのだ。

――どうして、こうなってしまうのか。

それは不測であるのみならず、不可解な展開でもあった。なんとなれば、なにも悪いことはしていない。ただ家族と一緒に休暇を楽しみたいと考えただけだ。

一七九一年四月十八日、フランス王ルイ十六世は王妃マリー・アントワネット、王女マリー・テレーズ、王子ルイ・シャルル、王妹エリザベートらを伴いながら、サン・クルーに出立《しゅったつ》するつもりだった。

それは昨夏も避暑に訪れたパリ郊外の別荘である。今年は時期ばかりは早いことになるが、年明けから体調が優れなかった事情を、ルイはきちんと説明していた。静養の名目で、正式に議会の許可を獲得してもいる。

——それくらい、王でなくても欲するだろう。

平民のなかでもブルジョワと呼ばれる富裕な部類であれば、パリの郊外に別荘くらい構えていて、週末の安息に足を向ける昨今ではないのか。ぶつぶつとやりながら、どうでも許されない贅沢《ぜいたく》だとも、ルイは考えていなかった。

仮に贅沢だったとしても、削りに削られた宮廷費の範囲内だ。にもかかわらず、パリの人々ときたら、サン・クルーになど断じて出かけさせるものかと、声を荒らげた実力行使のふるまいなのだ。

——なにが、そんなに気に入らないのだ。

問うまでもなく、その理由についても群集は唾《つば》を飛ばし飛ばしに訴えていた。聞きにくい言葉を努めて聞きとるに、なんでも昨日の日曜に挙げた聖餐式《せいさんしき》が断じて気に入らないのだとか。フランスの王たるもの、宮廷司祭モンモランシー・ラヴァル枢機卿《すうききよう》による執式だけには、断じて与《あずか》るべきではなかったのだとか。

「てえのも、あの赤帽子の野郎はローマ方じゃねえか」

馬車を囲んだ大声が続けていた。おおさ、聖餐式だって、ローマ風だったに決まってんじゃねえか。

ローマ方とか、ローマ風とか、その種の言葉がパリでは流行しているようだった。いまだ聖職者民事基本法に宣誓していない、つまりはローマ教皇に服属している神父であるとか、その神父が祭事を行う際に用いる作法であるとか、それくらいの意味らしいのだが、いずれにせよ大きな声に託されるときには、必ずや反革命の輩であり、不適切な業《わざ》であると、非難の意が籠《こ》められるようだった。

ふうと、またルイは溜め息を吐いた。こちらも無頓着《むとんちやく》というわけではなかった。実際のところ、モンモランシー・ラヴァル枢機卿はローマ方でない、つまりは聖職者民事基本法に宣誓を捧《ささ》げた神父だった。

ただ聖界における立場としては、フランス教会の合一を断念しない、いわゆる穏健派の重鎮ということになる。宥和《ゆうわ》を働きかける必要から、宣誓拒否派の僧侶《そうりよ》たちとも交流を続けている。この良心的なふるまいのほどが、こうまで取り沙汰《ざた》されてしまう。

「いや、だから、ルイ十六世からして、それが本音なんだって。復活祭は是非にもローマ風で祝いたいって、それが本音なんだって」

「それで、サン・クルーってわけか。俺《おれ》たち革命派の目が届かない田舎《いなか》に退いて、宣誓拒否派の手から、まんまと聖体を拝領しようって算段か」

「いうまでもねえ。パリじゃあ、立憲派になるからな。王家が教区信徒の籍を置いてる、サン・ジェルマン・ローセロワ教会の神父さまたちゃあ、きちんと宣誓を済ませて、憲法に敬意を表してらっしゃるからな」

「おいおい、まってくれよ。聖職者民事基本法だって、聖職者宣誓強制法だって、ルイ十六世が批准したものじゃないのかい」

「だからよ。だから、腹が立つってえのよ。自分が認めた法律を、自分で破ろうっていうから、いくら王さまでも酷《ひど》すぎるんじゃないかって、それで大騒ぎしてんだよ」

「だけじゃない。王は執行権の長なんだ。筆頭公務員なんだ。つまりは万民に法律を守らせる役割なのに、それを自分で破ろうとしているんだ」

こいつは、もう反革命といわざるをえないだろう。打《ぶ》ち上げる論者は次から次と現れて、たびごと人々は怒声を高じさせるばかりだった。

──好き勝手をいうものだな。

聞くほどに、こちらのルイは思わないでいられなかった。

人々が神経を毛羽立たせる理由は斟酌《しんしゃく》できないでない。ローマ教皇ピウス六世は、いよいよもって憎まれていた。三月十日の「クオド・アリクアントゥム（少なからずが）」、さらに四月十三日の「カリタース（崇敬の念が）」と矢継ぎ早に勅書を発して、フランスの聖職者民事基本法を声高に非難したからだ。宣誓派による聖別は無効であるとか、それどころか宣誓派の僧侶は異端に匹敵するのだから、信徒は厳に接触を避けるようにとか、すでにして悪魔呼ばわりせんばかりの扱《こ》き下ろし方なのだ。

「はん、ローマなんざ、こっちから願い下げだって、本当なら王さまが、一番に啖呵《たんか》を切ってみせるべきじゃねえのか」

群集の声には、そうした不満も紛れていた。国王の大権に期待を寄せているのだと解釈すれば、ルイとて応《こた》えたいと思わないではなかった。が、それができないことも含めて、なりゆきは業腹《ごうはら》なばかりなのだ。

――私はほとんど全ての権能を議会に奪われてしまった。

裏を返せば、全て議会の仕業ということでもある。ああ、教会改革を始めたのは、私でなく議会だ。フランスにシスマ（教会大分裂）を起こして、もはや宗教戦争目前といえるほどの危機を招いたのも、やはり迷走するばかりの議会だ。おまえは聖職者民事基本法を批准したではないかと、あるいは反駁《はんばく》あるかもしれないが、それまた議会が強《し》いた話だ。些《いささ》か急進的なのではないか、この国の王として抵抗感を禁じえないと、この私はといえば、かえって消極的だったのだ。

——なのに、どうして私が責められなければならない。

ルイは車窓の向こうに問いかけたかった。やったのは議会であり、その議員がフランス国民の代表であるとするならば、つまるところ、あなたがたがやったも同然ではないのか。落度があるとするならば、あなたがたの落度であって、私の落度ではないではないか。善意の忠告まで無視されて、あげくに責任転嫁されたのだから、むしろ私は被害者だ。あなたがたが惹《ひ》き起こした混乱に翻弄《ほんろう》されて、本当なら悩む必要もない話にまで、いちいち悩まされているのだ。

——はっきりいえば、迷惑なのだよ。

ルイの腹中をいうならば、馬車の外の群集に劣らず、いよいよ煮えくりかえっていた。とはいえ、そこは王家に生まれて、常に衆目のなかに置かれてきた人間である。滅多なことでは感情を表に出さない。不愉快な馬車に閉じこめられたまま、ほんの少し肩を竦《すく》めるくらいに留《とど》められる。

「いくらパリでも、今日は渋滞がひどいね」

冗談口も我ながら気の利いたものではなかった。引き攣《つ》る笑顔で応えられるほど、ルイは後悔に傾いた。それと同じ勢いで、腹中の怒りも増すばかりだった。

2——騒動

　車窓の板硝子《いたガラス》が、カチと鋭い音で鳴った。なにか物まで、投げつけられたようだった。

　妻子は怯《おび》えきっていた。十三歳の王女マリー・テレーズ、六歳の王子ルイ・シャルル、子供たちは二人とも泣き出しさえしていた。がたがた震えて、母親の膝《ひざ》に抱きつきながら、怒号の群集が怖くて怖くて、もう顔など上げていられないのだ。

「大丈夫ですよ。ええ、大丈夫です。なんの心配もいりません」

　そう繰り返しながら、王妃マリー・アントワネットは二人の愛児の頭を撫《な》で続けていた。母親の務めとして、気丈なふりばかりは装うものの、その頰《ほお》は蒼白《そうはく》に硬直して、なんだか粉を吹いたようになっている。もちろん、子供たちを励まそうとする声にせよ、指先にせよ、細かく震えてしまっているがために、あまり功を奏していない。

　――無理もない。

　声をかぎりに叫ばれる罵《のの》り、嘲弄《ちようろう》、揶揄《やゆ》、暴言と、それだけでも戦慄《せんりつ》を禁じえないところ、もはや群集の脅威は言葉に留《とど》まらなかった。扉に守られない御者が御者台から引きずり降ろされ、それを皆して小突き始めたのを皮切りに、人々は殴る蹴《け》るの実力行使を始めたのだ。

あげく窓に物まで投げつけられたとなれば、扉など役にも立たない薄さだと、実感は否応《いやおう》なかった。同道の他の馬車など取手に手をかけられて、やはり引きずり降ろされた侍従、従僕の面々が、御者と同じ目に遭わされている。まだ女官たちは無事だったが、それも最後まで必ずと約束のかぎりではない。

——いや、国王一家が乗る馬車だからといって……。

この馬車とて手出しが遠慮される保証はない。無表情で顔を上げ続けながら、ルイとて恐怖を覚えないではなかった。実力行使というならば、それまた殴る蹴るの程度で済みそうになかったからだ。

天気まで俄《にわ》かに陰ってきたようだった。どんよりしたパリの曇り空には、いっそうの鈍色《にびいろ》で細長い影まで無数に林立していた。

銃である。本格的な装備を支給されながら、カルーゼル広場には少なからぬ兵隊までが詰めかけていた。

国王近衛《このえ》の兵隊というわけではない。赤白青の軍服は国民衛兵、つまりは一般市民のなかから選抜される志願の民兵である。それも宮廷の警備についていたわけではない。

群集と一緒に騒いで、それがそのまま銃を担ぎ続けたのだ。

ただ脅《おど》しに持ってくるに留まらず、構えの姿勢を取りながら、問題の宮廷司祭モンモランシー・ラヴァルの馬車には、すでに銃口まで突きつけていた。そうまでの暴挙が許されると信じる面々にしてみれば、話は信仰上の懸念だけではないということだろう。

「逃げる気なんだろう」

そう突きつける声も、やはり盛んな糾弾《きゅうだん》だった。ああ、フランスから逃げるつもりなんだろう。亡命貴族の輩と、外国で落ち合うつもりなんだろう。

「違うのかよ、このオーストリア女がっ」

窓の向こう側からながら、そう名指しで詰め寄られ、とうとうマリー・アントワネットまでが顔を伏せてしまった。

「はん、隠れられると思うなよ、この赤字夫人め。こちとら、お見通しなんだ。オーストリアの皇帝だの、プロイセンの王だの、サルディニアの王だの、暴君仲間に声をかけて、軍隊を出してもらって、一緒にフランスに攻めこもうって腹なんだろう。そうして玉座に返り咲いて、この国をアンシャン・レジームに戻す気なんだろう」

「ああ、決まってる。だから、この季節外れのサン・クルー行きなのさ。パリを抜けることさえできれば、あとは簡単だなんて、なめた算段してやがるに違いないのさ」

そんなつもりはなかった。少なくとも、この私にはない。本当に体調が優れなかった。

サン・クルー行きは、あくまで静養目的で望んだものだ。そう弁明を叫びたいのは山々だったが、今度もルイは声に出さず、また溜《た》め息だけ吐《つ》いた。

どれだけ繰り返さなければならないのかと辟易《へきえき》する気分だったが、その不愉快を紛らわせるためにも、やはり溜め息を吐くしかなかった。ああ、本音をいえば、うんざりだ。ああ、確かにパリからは抜け出したい。それというのも諸君らが、こんなふうに、いつも騒がしいからではないか。ほんの些細《ささい》な出来事や、あるいは確証もない噂話《うわさばなし》を取り上げて、いちいちバスティーユを思い出せとやられるから、こちらは片時も神経が休まるときがないのではないか。

「フランス王ルイ十六世が亡命を計画している」

かかる流言があることも耳にしていた。というより、マラ何某《なにがし》の『人民の友』であるとか、同じくプリュドム何某の『パリの革命』であるとかは、そのように活字に起こして、あたかも確定した事実であるかに報じたのだという。

もちろん不愉快でありながら、なおルイは思う。なりゆき自体は理解できないわけではない。叔母《おば》にあたる先王十五世陛下の王女たち、マダム・アデライードとマダム・ヴィクトワールの二人がローマに向かった二月の一件があり、それを引き金に紛糾した亡命禁止法の議会審議があり、そうした流れで今度はルイ十六世自身かと勘ぐられたとしても、不思議でもなんでもない。ただ同時に、こうも思わないではいられないのだ。

——亡命計画が実際あったら、どうだというのだ。

責められるべき話なのか、とルイは再び問いたかった。なんとなれば、フランスでは誰もが自由なのではないか。どんな思想信条を抱《いだ》くも自由、それを表現するのも自由、表現が許されないと感じるほどの圧力から逃れるためなら、外国に亡命するのも自由というのが、この国で新しく採択された人権の精神の、まさに真髄なのではないか。

「その自由が朕《ちん》には与えられていないのかね」

車窓を介して、とうとうルイは詰問を声に出した。ああ、生まれながらに与えられている人権の話も、それゆえに保障される自由の話も、さんざ今日まで聞かされてきているが、ほんのサン・クルーに静養に出かける自由も、朕には与えられていないのかね。

「それは……」

答えあぐねた相手は、ラ・ファイエット侯爵だった。不調法に口籠《くちごも》り、と思うや直後には顔がムッとなっていた。内心が、すぐ面《おもて》に出る。あいかわらず、他愛《たわい》ない男だ。

国民衛兵隊の司令官として、テュイルリ宮の警備もラ・ファイエットの職責だった。もちろん、カルーゼル広場も管轄内である。集まる群集に紛れながら、国民衛兵までが騒いでいたとなれば、即時の撤収を命令すればよさそうなものだった。実際に侯爵は引き揚げを命令してみたようなのだが、それを部下たちに無視されてしまったのだ。

許せない、認められないと、皆が興奮していたこともある。つまるところは民兵であり、上意下達の軍隊の鉄則には不馴《ふな》れという事情もある。

とはいえ、上官の命令が軽んじられたとなれば、それは重大な事態だ。少なくともラ・ファイエット侯爵が、その面子《メンツ》を傷つけられたことは事実だ。

「やめよ。だから、いい加減にせよ。諸君ら国民衛兵は騒擾《そうじょう》を鎮める役分ではないか。パリの治安を乱すのでなく、反対に守るほうの立場ではないか」

そうやって、つい先刻にも怒声を飛ばし、ラ・ファイエットは明らかに苛々《いらいら》していた。そこで朕には自由が与えられていないのかと迫られて、部下を統率できない無能を皮肉られたと受け止めたらしかった。

面白くない気分はわからなくはない。が、それを表情に出すか。仮に余人に八つ当たりしたとして、フランスの王たる人間に対して、そういう不遜《ふそん》な態度はあるまいと、やはりルイは思わざるをえなかった。

いや、いくらフランス王であるとはいえ、少し前の感覚で尊大に構えるべきではないのかもしれなかった。ああ、返す刀のラ・ファイエットに、自分は議員なのだ、国民の代表であり、主権者なのだと唱えられては、もう黙るしかないのかもしれない。けれど、きちんと憲法が認めてくれるであろうところ、この私は執行権の長ではあるはずなのだ。まがりなりにも公職に就いているなら、相応の敬意は払われるべきなのだ。

理詰めの言葉は次々湧《わ》いた。が、それをルイは今度も声には出さなかった。逃げ場なく追い詰めてしまえば、もうラ・ファイエットの類《たぐい》には他に出方がないからである。いや、追い詰めるまでもなく追い詰められて、実際に問い返してくる。

「陛下、それならば、発砲いたしますか」

発砲の命令をお出しください。命令さえ出していただけたなら、これくらいの騒擾は物の数分で鎮圧してみせましょう。持ちかけたラ・ファイエットに続いたのは、事件発生の急報を受け、急ぎグレーヴ広場から駆けつけたパリ市長だった。ええ、ええ、陛下の御決断ということなら、この私も動くにやぶさかでありません。

「戒厳令をお敷きになられますか」

またバイイも決断を求めてきた。こちらは学者出身の議員であり、パリ市長に迎えられる前は、国民議会で初代議長を務めていた。やはり国民の代表も、最たるひとりというわけだ。

——それだけの地位を占めていながら、なんと無責任なことか。

あるいは責任転嫁こそ、民主主義の真髄だとでもいうつもりか。そう胸奥で罵りながら、ルイは不服でならなかった。

発砲する。戒厳令を敷く。そうすれば、確かに騒動は鎮められるはずだった。国民衛兵隊司令官ラ・ファイエット侯爵の顔は立つ。パリ市長バイイも危機管理能力を評価される。が、かたわらで死傷者でも出た日には、必ずや非難の声も湧き上がる。きっかけに人気は陰る。処断の是非まで問われかねない。それは嫌だと、だから二人は事前に責任逃れの手続きを踏もうとするのだ。全て国王陛下の御命令でしたからと、あらかじめ逃げ道を用意しておきたがるのだ。

――こんなときだけ、陛下の御言葉《おことば》のままにか。

それでも上辺は得意の無表情を守りながら、ルイは馬車の窓辺に詰めた二人に静かに告げた。いいえ、朕は発砲など許可いたしません。朕のために血が流されるなど、それは朕の望むところではないからです。

「聖なる復活祭も近いというのに」

「でしたら、せめて戒厳令のほうを」

「パリ市長、それにも及びませんよ」

「しかし……」

「このままでは埒《らち》が明きません」

飛びこんだラ・ファイエットは、いよいよ駄々っ子よろしき顔つきだった。ああ、確かに埒が明かない。ルイは懐中時計を確かめた。

こうして馬車に閉じこめられて、かれこれ一時間半になる。現場責任者の無能は明らかだ。といって、パリの人々が態度を改めるとも思われない。

「ならば、サン・クルー行きは中止しよう。テュイルリ宮に引き返すことにしよう」

そう告げると、ラ・ファイエットとバイイは動いた。救われたような顔になっていた。ああ、陛下はテュイルリ宮に戻られる。パリを離れることはない。総員、もとの配置に戻るよう。総員、もとの配置に戻るよう。ええ、王はパリ市民の望みを容《い》れてくださいました。ええ、ええ、皆の運動が実を結んだということです。

「ご苦労さま、ご苦労さま、さあ、これで今日は引き揚げることにしましょう」

二人の声が嬉々《きき》として聞こえるほどに、ルイ十六世には業腹《ごうはら》だった。はん、厄介事が片づいたと、そういわんばかりではないか。あるいは媚《こび》を売るべきは群集のほうだということか。市民であり、国民であるところの主権者なのだから、その神経を逆撫でしないよう、せいぜい王には大人しくしていてもらいたいというのか。

ようやく群集の私刑から解放されたらしく、殴打に顔を腫《は》らした御者が馬を外し始めていた。手綱《たづな》を引かれた獣が北側の厩舎《きゅうしゃ》に遠ざけられるかたわら、従僕のほうは駆けて戻り、血だらけの手で急ぎ踏み台を据えおいてから、馬車の扉を大きく開いた。

よっこらせと腰を上げて、ルイ十六世は座席を降りた。その姿を目に留めたのだろう。前庭に屯《たむろ》するままの群集が、わあああと大きく歓声を上げた。その声は王妃、王子、王女、王妹と続いて馬車から降りるほど、大きく大きく轟《とどろ》いて、厚みを増すばかりだった。

――まるで勝鬨《かちどき》でも上げているかのようだ。

のみか、せっかく引き揚げかけたものが、どんどん引き返してくる。もう落着した話だといいたいのか、あるいは余計な仕事を負いたくないということか、ラ・ファイエットにも、バイイにも、それを制止しようという素ぶりはない。

――私とて、かかずらってはいられない。

構わずに歩みを続けて、ルイはテュイルリ宮の玄関を目指した。気になる背後を振り返らず、まさに脇目《わきめ》も振らずに先を急ぎ、なんとか建物のなかに入れたときだった。背後から、短い女の悲鳴が聞こえた。

間違えようはない。追いかけてきた王妃である。しかもマリー・アントワネットは、その腕で王子を守り、残されたほうの手で王女の手を引いていたはずだ。

――家族が危ない。

ばっと動いて、ルイは後ろを振りかえった。前庭を占拠するに飽き足らず、カルーゼル広場の群集は、とうとう宮殿のなかにまで踏みこんできた。国民衛兵隊の兵士どもにいたっては、それも銃を背に担いだままなのだ。

みるからに横柄な態度で歩を進めると、不敬にも大きな声で言い放つ。いや、遠慮なんかするもんか。どんどん入らせてもらうぜ。ああ、本当に良からぬ陰謀が進められていないかどうか、これから王妃の部屋に行って、その隅々まで調べてやる。にしても、なんで、王妃の部屋なんだよ。はは、そうか、おまえ、得意の下着泥棒というわけか。

「そこまでだ、兵士諸君」

ルイは刹那《せつな》に声を発した。玄関の吹き抜けに木霊《こだま》すると、自分でもびっくりするくらいに鋭い印象になっていた。ああ、確かに私は容易に激さない性格だ。なにごとも表情を変えずに受け流し、だからこそ大国フランスの王も務まってきた。

──だからといって、私は怒れないわけではない。

そこまで意気地なしではない。その気迫が伝わったか、テュイルリ宮はしんとして静まりかえった。

ラ・ファイエットの命令など無視して捨てた国民衛兵が、こちらの王の一喝には術《すべ》もなく打ちのめされて、すごすご引きかえしていく。前庭の群集となると、まだまだ乗りこんできそうにみえたが、異変に気づいたということか、誰にいわれなくとも、きちんと回れ右で引き返していく。

ルイは息を吐き出した。今度は溜め息でなく、ひとまずの安堵感《あんどかん》だった。

すっかり見送ってしまってから、ルイは自分の家族に手を伸べた。さあ、みんな、部屋に戻ることにしようじゃないか。サン・クルーなら心配ない。私がなんとかしてあげる。ほらほら、マリー・テレーズも、泣かない、泣かない。ルイ・シャルルなんかは、けろっとしているぞ。ははは、さすがは男の子、いや、未来のフランス王ルイ十七世というところだな。

3――ミラボーがいなくなると

ごみごみしたパリを、やはりルイは好きになれなかった。

王国で最大の都市であり、あるからには相応の注意を払わなければならないのだと、そのことは肝に銘じて久しかった。なんといっても、パリは王家の金櫃《かねびつ》だったのだ。

徴税請負業務、つまりは一定額をポンと王家に前払いするかわりに、与えられた管轄で随意に税を取り立てるという仕事の担い手が、最も多い。御用商人の数も、パリがフランス最多だ。軍隊の糧秣《りょうまつ》を一手に仕切るという富豪までいて、この種のやり手に臍《へそ》を曲げられては、それこそ一兵たりとも動かせないことになる。

――相応には、やかましい。

それは当然の話だ。事実、ルイにはフランス王として、パリ高等法院を相手に揉《も》めた経験があった。革命まで起きてみれば、いよいよフランスの中枢だとも認めざるをえない。が、そうした分別と好き嫌いは、まったく別な話なのだ。

フランス王家の揺籃《ようらん》の地なのだと教えられても、ヴェルサイユで生まれ、また長じたルイにすれば、なんら郷愁を覚えるような場所ではなかった。なにか楽しい思い出と抱き合わせにできるのでもないからには、逗留《とうりゅう》して愉快という土地でもない。

――ああ、嫌なところだ。

テュイルリ宮も、ことさら西向きの窓辺から眺めると、大都会の風景はいよいよ汚らしくさえみえた。一番に目に入るのはセーヌ河の辺《ほとり》に拓《ひら》けた庭園であり、その明るさが一瞬だけヴェルサイユを彷彿《ほうふつ》とさせるからだ。幾何学的な図案で整えられた計画的な美と比べるほどに、場あたり的に建てましされ、混沌《こんとん》として連なるような町並は、なおのこと暗がりに埋もれるようにみえるのだ。

――かように不気味な佇《たたず》まいの虜《とりこ》にして……。

連中は私たちの息の根を止める気か。そう心に呻《うめ》いたとき、ルイは不意の息苦しさに襲われた。ふうと大きく息も吐いたが、だからといって、そのまま窓を大きく開けて、かわりの空気を吸おうとは思わなかった。

だから、ヴェルサイユとは違うのだ。清々《すがすが》しさなど望めないのだ。それどころか、パリで流れこんでくるのは、おぞましいばかりの汚泥の臭気だというのだ。

――もはや一刻とて堪えがたい。

そう呻きを続けてから、ルイは我ながらに首を傾《かし》げた。パリは好きになれない。それは嘘《うそ》ではないながら、こんな風に一刻も堪えられないとは思わないできた。このテュイルリ宮とて、ヴェルサイユに比べれば、なにからなにまで劣るといわざるをえないのだが、それでも特段の不満はなかったし、向こうと変わらず熟睡することもできた。思えば周囲の環境というものに、それほど左右される質《たち》ではなかった。好き嫌いの感情はありながら、それが決定的な作用を及ぼすわけではなかったのだ。

だからこそ、ルイは自分に問いかけないではいられなかった。どういうことだ。どうしてパリが堪えられなくなったのだ。

——ミラボーが死んだ。

全てはあの男が死んだからなのかと結論に行き着くほどに、ルイは故人の大きさに今さら思いを巡らせないではいられなかった。

二週間ほど前に訃報《ふほう》を伝えられたときは、そうか、ミラボーは死んでしまったかと流したきり、とりたてて考えこむではなかった。それが日を追うごと、喪失感が大きくなる。

——なんとなれば、あの男が生きている間は、こうではなかった。

ミラボーは議会で王家の権利を擁護してくれた。法制化の現場においては、必ずしも満点の成果を上げたわけではなかったが、それでも国王大権を守ろうとする態度だけは、知らぬ議員もないほど周知されていた。

――となると、他の議員も王家を軽んじようとはしなくなる。軽んじては、ミラボーの怒りを買うと萎縮《いしゅく》したからだ。ラ・ファイエットだの、バイイだの、屈指の有力議員にしてみたところで、ミラボーだけは警戒せずにはいられなかった。無闇《むやみ》に対立するのは利口でないと自戒あるほど、フランス王ルイ十六世ともあろう私に向かっても、ああいう横柄かつ無礼な態度は取らなかった。

――それがミラボーがいなくなると、どうだ。

人民大衆にしてみたところで、あそこまで野放図ではなかった。ヴェルサイユ行進の一件をはじめ、激越な行動は何度となくみせつけられたが、まだしも最後の一線だけは守られていた。王家に寄せる敬慕の念だけは、変わらず感じられたのだ。

それが先般カルーゼル広場に詰めた連中ときたら、どうだ。王族でなく、貴族でなく、自分たちと変わらぬ隣人を遇する態度としてみても、非常識きわまりなかったではないか。

――それをラ・ファイエットやバイイでは抑えられない。

鉄砲で脅《おど》すことはできる。猫撫《ねこな》で声で機嫌をとることなら、あるいは得意なのかもしれない。けれど、ミラボーのように意のままに制せられるわけではない。ああ、あの男は大衆の人気も高かった。ミラボーは暴力をちらつかせるでも、甘言で擦《す》りよるでもなく、弁舌ひとつで見事なまでに魅了した。ひとたび敵意を向けられても、たちまちに取り戻して、また味方にしてみせるほどだった。ああ、やはり、そうだ。あれは使える男だったのだ。

――好きな男ではなかったが……。

とも、ルイは心に続けていた。ああ、それは大した問題ではない。ああ、私の場合は好きでなくても、我慢ならできるのだ。

ミラボーを重用したのは、王妃に勧められたからだった。メルシィ・ダルジャントー大使にせよ、フランスとベルギーを跨《また》いで領地を散在させるラ・マルク伯爵にせよ、土台がミラボーを推薦してきた輩《やから》は、全てマリー・アントワネットの故国オーストリアの関係者だった。とすると、王妃が自前で雇い入れて、そうして伝えられた言葉には耳を傾けないではなかったといったほうが正確か。

ルイは自分では顔を合わせるのも御免だった。ミラボーには全国三部会やら、国民議会やらの機会に何度か対面しているが、こちらが不安になるほど押しが強いというか、自信満々なところが嫌味だというか、どうにも好きになれなかったのだ。

実際のところ、宮廷秘密顧問官の役割を与えてからは、一度も面会していない。直接会談なども王妃に任せきりで、あくまでもルイは間接的な関与に留《とど》まったのだ。

――まあ、それでも関与せざるをえなかったということではあるが……。

我が王妃には逆らえないということではあるが……。ルイは苦笑を浮かべた。浮かべたつもりだったが、窓硝子《まどガラス》に薄《うっす》ら映る自分の顔は、どこか嬉《うれ》しげなようにもみえた。いや、だから、にやけてなどいられないのだ。

マリー・アントワネットはピリピリしていた。もう嫌です。もう嫌です。ヴェルサイユからパリに移されて後は、金切り声で繰り返す日々だった。

じっくり構えて、ありうべき好機を待つと、そういう性格ではなかった。目の前に不愉快があるならば、それこそ一刻も我慢ならない。なくならないなら、なくなるまで、なくすために、なにかしていないと気が済まない。そんな王妃が落ち着きを取り戻してくれたから、ルイは我慢ならないミラボーでも容認したのだ。

議会随一の雄弁家を擁する議会工作に、マリー・アントワネットは過大なくらいの期待を寄せていた。いや、ミラボーの働きぶりからすれば、過大ではなかったかもしれないが、いずれと評価したところで、今や意味をなす話ではない。王妃の希望が失われた事実は変わらない。ああ、だから、もうミラボーは死んだのだ。

「だったら、ほかの誰か、なんとかしてちょうだい」

王妃は再びの金切り声だった。ええ、こんな生活、もう一日も我慢なりません。ミラボーさえ生きていたら、今回だってサン・クルーに行けないなんて話にはなりませんでした。もう死んだのだから仕方がないと仰《おつしや》るなら、ほかの誰か、お願いだから、なんとかしてちょうだい。

――といわれて、あてにできる輩はいるか。

ルイは考えてみた。ミラボーの代わりが務まるほどの大物といえば、一番に挙げられるのはラ・ファイエット侯爵の名前である。

――けれど、あれでは駄目だ。

思いついたそばから、ルイは退けた。ああ、どう考えなおしても、駄目だ。あんな拗《す》ね子のような男では駄目だ。

サン・クルーへの道を開けなかった、四月十八日の失態だけではない。事後の顛末《てんまつ》においても、ラ・ファイエットは御粗末《おそまつ》だった。

――あの男は二十一日付で国民衛兵隊司令官の職を辞したのだ。

指揮下の兵士が銃器装備のまま、カルーゼル広場の騒動に加わってしまうという不始末を受けて、その管理不行き届きの責任を取るという口上だったが、なんのことはない。僕の命令が聞けないなら、もう知らないぞとばかり、要するに駄々っ子よろしく唇を尖《とが》らせたのだ。

それが証拠に翌二十二日には、もう前言を翻《ひるがえ》して復職した。なんでも国民衛兵隊の代表に、自宅を訪ねられたのだという。我らの司令官はあなたしかおられませんと、涙ながらに留任を訴えられて、その意気に感ずるところがあったからだというが、いや、ラ・ファイエットときたら、本当に笑わせてくれるではないか。

――あの男は全て自分のためなのだ。

王族の品位など忘れられる日が来たら、ルイは一番に唾《つば》を吐きかけてやりたいと思う。ああ、ラ・ファイエットは王家のためなど、ひとつも考えていない。全て自分のため、しかも最後は自分のためになるから、ここは自分を殺そうなどという遠回しの論法も頭になく、いつもいつも短絡的にその場の自分が損したくないだけなのだ。

といって、かたやのバイイが頼りになるわけでもなかった。そもそもが群集の勝手な集会を許してしまう体《てい》たらくだ。あの指導力のなさときたら、いつまでパリ市長でいられるか、それさえ覚束《おぼつか》ないくらいだ。

――やはり、私がやるしかないな。

そう呻いて、ルイは大きな溜《た》め息を吐《つ》いた。が、窓硝子に映る自分の相貌《そうぼう》は、またしても嬉しげにみえた。

自身の自覚としても、ミラボーの死で思いがけずも課された労苦を嘆くというより、嘆くようなふりをしてみたかったという部分が大きい。一面では確かに大変なことになったと思うが、他面では自尊心の高揚も抑えがたいほどなのだ。ああ、いよいよ出番だ。ああ、私がやる。私こそ、やってみせる。

――なんとなれば、この私は馬鹿ではない。

馬鹿だと思われていることにも、もう我慢ならない。鈍重とも陰口されて、確かに当意即妙の機転が利く質でないとは認めるが、だから愚鈍と退けられるのは釈然としない。

なんとなれば、とルイは思う。私のことを愚鈍と笑う革命のほうが、粗忽《そこつ》で、また思慮に欠け、致命的なくらいに軽々しいではないか。

――それが証拠に、問題は、なにひとつ解決されていないではないか。革命を代弁できる誰かを捕まえ、いちいちルイは質《ただ》したかった。財政再建は、どうした。景気回復は、どうした。なんなのだ、暴落を続ける、あのアッシニャという紙切れは。教会財産を担保に発行したというが、その国有化事業も含めて、どうなっているのだ、教会改革は。

ルイにいわせるならば、議会も、民衆も、我こそ主権者と調子づいて、気勢ばかりは上げながら、それと釣り合うくらいの仕事ができるわけではなかった。それどころか、なにもできない。なにかしても、事態を悪くすることでしかない。そんな体たらくの革命に、この私のことを馬鹿だ、愚鈍だと、笑う資格などあるのか。

――ミラボーが嫌いだったというのも、そこだ。

確かに有能な男だったが、その分うっとうしくもあった。あの押しつけがましさにせよ、ときに好き嫌いの範囲を超えて、許しがたいものになった。

実際、しばしばルイは屈辱的な思いを味わわされた。繰り返しの念を押されるほど、わからず屋めと面罵《めんば》された気がしたし、懇切丁寧な忠告が寄せられるほど、こんな簡単な話も理解できないのかと、ひどく馬鹿にされたように感じたのだ。

――はん、プロヴァンスの放蕩《ほうとう》貴族ごときに、ものを教えられる私ではない。ないぞ、ないぞと声に出して叫ぶような、子供じみた真似《まね》こそしないが、これでルイには自信家の一面があった。軽々しく表に出さず、奥ゆかしくも隠していること自体が、密《ひそ》かな自慢でもあった。というのも、それこそ知的であることの証左ではないか。

事実、ルイは歴代のフランス王を数えても、まさに稀《まれ》にみるくらいの読書家だった。わけても科学に造詣《ぞうけい》が深いとなれば、百科全書派の著作などにも好意的である。ディドロ、ダランベールのみならず、その流れで啓蒙《けいもう》思想にも理解があるつもりでいる。モンテスキュー、ヴォルテール、ルソーと、革新的な政治思想を含めての話である。

我こそ進歩派であるとの自負が、ルイにはある。改革派を自任できるとも考えている。それが証拠に、フランスの得にもならない、アメリカ独立戦争を支援している。イギリスに一撃加えたかったのだと、そう説明する向きは確かにあるだろうが、支援を決めた当のフランス王にいわせれば、そんな動機じゃ、とてもじゃないが割に合わない。

――アメリカ独立戦争を助けたのは、それが独立革命だったからだ。

植民地の人々に勝利を与えることで、新しく打ち立てられたアメリカ市民としての権利を守らせたかったのだ。

再びルイにいわせるならば、かかる改革の思いは無論のこと、自国においても同じ、いや、いっそう熱あるものだった。というのも、そもそも課税の平等性を掲げながら、特権身分に戦いをしかけたのは、この私だったではないか。高等法院との闘争がもつれるままに、全国三部会まで要求されれば、それこそ望むところであると英断して、百七十余年ぶりの召集を布告したのも、この私、ルイ十六世だったではないか。

思いがけない急展開で、民衆の蜂起《ほうき》に運べば、それは鎮静化のために軍隊も動員した。それでも虐殺だけは思い留まったのだ。

その気があれば、バスティーユが陥落したくらいで、武力を引き揚げたりしなかった。シャン・ドゥ・マルスに待機させた五万の軍勢を動かして、すぐさま決戦に挑むことだってできた。それをしなかったこと自体に、全てが語られているではないか。

――このルイ十六世こそ、啓蒙の時代の申し子なのだ。

4――決意

　ルイは東向きの窓辺に移動した。

いよいよ雑然としていたが、不揃《ふぞろ》いな町屋の重なりの向こうには、ルーヴル宮が鎮座しているはずだった。ああ、あの方形を描いている青屋根の連なりが、中世からの本宮殿になるのだろうか。

　セーヌの河岸に沿わせた回廊が、十六世紀の増築部分だった。こちらのテュイルリ宮につなげたはよいが、みようによっては片翼だけの奇妙な建物である。もし私に任せてもらえるなら、もう片翼も造るのだがなあ。雑多な建物を撤去させて、石を敷き詰めた内庭を築いて、それこそ区画整理まで施して、パリを壮麗な都に生まれ変わらせるんだがなあ。

　――その力も私にはある。

　ミラボーの政治信条とて、きちんと理解していたつもりである。革命を認めよという、あの男の言葉をルイなりに噛《か》み砕くなら、つまりは特権身分を排除せよということだ。

——思えば、旧来のフランスなども、ゴチャゴチャしていた。

大小様々の領地を有し、あるいは高低諸々《もろもろ》の官職を占めている貴族がいて、教会の利権を握り、僧院の荘園を私物化する聖職者や修道士がいた。法人格を与えられた都市もあれば、州三部会なども土地の名士を集めて政治力を振るう。そうした無数の、それ自体で国をなせるほど大きくはないながら、無視できるほど小さくもない、いわば中くらいの権力者たちに支えられることで、フランス王の地位があった。

——その形を捨てろということだ。

ときに反旗さえ翻《ひるがえ》す、そんな不安定な土台に頼るのでなく、公《おおやけ》の法に保障されることで、フランス王たる地位を固めよと、それがミラボーの持論だった。ああ、わかっていた。それくらい、わかっていた。

——わかっていたが、それができたら、はじめから苦労はないのだ。

法とは国民の意思であり、それに支えられようと思うなら、国民と直《じか》に向きあえばよい。身分も、特権もなく、皆に等しく与えられる人権をもって、ことごとく均質な成員でなるところの国民と。こちらにも、王と向きあう準備がある。貴族だの、聖職者だのが邪魔して、それまでは朧《おぼろ》にしかみえなかった姿を間近に確かめられるなら、国父たる王を歓迎するに違いない。そうミラボーなら続けただろうが、ルイは疑念を抱《いだ》かずにはいられなかったのだ。

――はたして本当に、そうか。

民衆の増長ぶりをみるがよい。こちらが善処の素ぶりをみせれば、王は自分の罪を認めただの、あるいは敗北を容《い》れただのと大騒ぎして、無邪気に勝ちほこるばかりではないか。あげくが王の大権を軽んじ、王の権威を敬わなくなるのでは、みかえりに国家元首として革命に御墨付《おすみつ》きを与えるも与えないも、なくなってしまうではないか。

――王妃が嫌がる気持ちも、わからないではない。

とも、ルイは心に続けた。革命など認められない。あんな野蛮で無礼な民衆などと、手を携えられるわけがない。そうやって譲ることなく、ミラボーの考えを退けたのは実のところ、王妃マリー・アントワネットのほうだった。

議会随一の雄弁家の才覚は買うが、それはそれ、王妃には王妃なりに骨身に染みた実感があるようだった。すなわち、陛下は民に慕われておられるから、ミラボーの持論も聞くことができましょうと。それでも自分のほうは、なんにつけ悪くいわれてきたのですと。浪費好きの赤字夫人だの、遊び好きの阿婆擦《あばず》れだの、あげくがオーストリアの密偵だのと罵《のの し》られ続けた人生の末に、王妃の尊厳ひとつ守ろうとしない人々と、今さら抱擁できるわけがありませんと。

「…………」

今このときばかりは遠い、けれど逃れようなどない妻の金切り声を耳の奥に聞きながら、ルイは独り吐露しないでいられなかった。つまるところ、私の苦悩などは誰にも理解されないのだ。ラ・ファイエットやバイイなどいうに及ばず、それがミラボーや王妃マリー・アントワネットであったとしても、ひとつきりのこの身を左右に裂こうとするだけなのだ。

――行き着くところ、やはり自分の力で解決するしかないか。

同じ硝子窓《ガラスまど》の向こうも、遥《はる》か庭園に投じていた目を近くに戻すと、東西に細長い一棟が確かめられた。議会が置かれている、テュイルリ宮調馬場《マネージュ》の付属大広間である。働きかけるべき相手は、ほんの目と鼻の先なのである。はん、本当に造作もない。

――庭を横切るだけだ。

事実、すでにルイは行動に移していた。四月十九日、群集にサン・クルー行きを阻止された翌日に、手紙ひとつで親臨の希望を告げるや、もう自《みずか》らの足で議会まで出向いたのだ。

これには議会のほうが慌てた。いかなる作法で迎えるべきか、急遽《きゅうきょ》議論も設けられたらしい。議長シャブルー自らが宮殿玄関まで迎えに出るべきではないかとか、いや、議会のほうが主権者なのだから議長が動くなど言語道断であるとか、ならば議場で迎えるとして、王が入場するときには着座のままでよいのかとか、やはり帽子は取るべきかとか。

ルイが歩を進めたのは、そうしてガヤガヤしている議場だった。こちらとしては、なにも式典を催したいわけでなく、もとより議会の決まりも知らない。さっさと議長席の脇《わき》まで進むと、そこから見渡す議席に向けて、告げるべきことだけを率直に告げた。すなわち、サン・クルー出立《しゅったつ》が妨害されたことについて、たいへん遺憾に思うがゆえ、議会として是非にも善処していただきたいと。

幾許《いくばく》かの議論は費《つい》やされたらしい。が、なお議会は王に敬意を示すより、民衆の怒りのほうを恐れた。パリの人々が喜ばないものならば、やはりサン・クルー行きは断念していただきたいと、非公式に議員代表を遣わして、勧告してきただけだった。

まったく業腹《ごうはら》な話だが、それだからと臍《へそ》を曲げるわけにもいかない。自分で動くと決断したからには、これしきで議会工作を止《や》めてしまうわけにもいかない。

ルイは窓辺から踵《きびす》を返した。

「で、どうかね、朕《ちん》が書いた手紙は」

「たいへん結構であるやに。ええ、申し分ございません」

答えたのは外務大臣モンモランだった。それでは、明日の議会に小生が出席いたしまして、この手紙を代読すればよろしいのでございますね。同じ書面を、すでに各国大使に送りつけてあると、そう洩《も》れなくつけたしながら。

「ええ、ええ、きっと議会は歓迎することでございましょう。フランス王は祖国で完遂《かんすい》されんとしている革命とともにある、憲法の支持を公言しようとする熱意は、高まりこそすれ決して萎《な》えることはないと、そう諸外国に伝えたというわけでございますからね」

王室と議会の宥和《ゆうわ》、まさに故ミラボー伯爵の悲願でございました。そう涙ながらの言葉で括《くく》ると、モンモランは部屋を辞した。その背中を見送りながら、ルイは思う。はん、こちらこそ、泣き笑いを禁じえない思いだよ。

モンモランは今の内閣のなかでは、唯一使える大臣である。が、せいぜいが手駒《てごま》として、忠実に動いてくれるのみだった。自ら考え、自ら行動する玉ではない。なるほど、名前を出したがごとく、ミラボーの操り人形でしかなかった。今は私のいいなりになっているると、それだけの男でしかない。

──やはり、私が動くしかないのだ。

微《かす》かな物音に気づいてみやると、かたわらの書机では後片づけが始められていた。モンモランに託した手紙を、口述筆記させた祐筆《ゆうひつ》である。主要各国の大使に向けて一通ずつ、かなりな枚数を認《したた》めて、とうに指先が疲れているに違いないが、残念ながらというか、まだ仕事は終わりではない。

「ええ、もうひとつ手紙を書きます。ブルトゥイユ宛《あ》ての手紙です」

そう伝えると、祐筆はペンを構えなおした。不満の色は浮かばず、あくまで真面目《まじめ》な表情だった。たいへんに結構だ。王に仕えるならば、無条件の服従あるのみだ。

——いつ、いかなる場合においても……。

手紙を宛てるブルトゥイユは、恐らくはオーストリア領にいるはずだった。フランス王家に仕える忠僕のひとりは、更迭されたネッケルの後任で、かつて入閣を果たした大臣である。急な内閣改造に激怒して、その翌日にはパリが決起したという、一七八九年七月十一日における人事の話である。

十四日にバスティーユが陥落、十六日にネッケルの復職が決まり、こちらのブルトゥイユはといえば、もう十八日にはアルトワ伯らと一緒に国外に退去していた。いわゆる亡命貴族のひとりであり、もちろん公式には大臣の職を解かれた格好である。が、ルイとしては手放したつもりはなかった。外国を転々としている間にも、密《ひそ》かに連絡を取り続けて、いうなれば秘密の大臣として重用していた。

そのブルトゥイユに宛てようとする手紙の文面は、こうである。

「貴殿が各国宮廷に口頭で伝えてほしい。革命と憲法を支持する旨を伝えた手紙を、大使経由で読まれたと思われるが、それはフランス王ルイ十六世の真意ではないと。議会を欺くための措置にすぎず、今も伝統の価値を重んじる王侯諸氏の一員であるつもりだと」

祐筆は二度三度と目を瞬《しばた》かせていた。あまりといえば、あまりな裏のかき方であり、すぐには本当にできなかったということだろう。が、だから、君は黙ってペンを走らせたまえ。王に仕えたいと思うなら、ただの便利な道具として、いわれたとおりの仕事をすればよいだけなのだ。

――あと使える手駒はブイエ将軍……。

ルイは心のなかで続けた。ブイエ将軍はロレーヌ国境に駐留して、その駐屯部隊を束ねている現地司令官である。軍紀違反のスイス傭兵《ようへい》に断固たる態度で臨み、パリに物議を醸した、いわゆる「ナンシー事件」の将軍でもある。

手駒というが、これまたルイが自らというのでなく、王妃が動かしていたものだった。目の前の苦しさから逃れたい、逃れるためにはなにかしないでいられないと、そういう性格のマリー・アントワネットをかねて虜《とりこ》にしてきた考えが、逃げる、つまりは文字通りにパリから逃れる、オーストリアに逃亡するというものだった。計画に国境地帯を押さえるブイエ将軍さえ組み入れられれば、国外逃亡という冒険も不可能な話でないというのだ。

――亡命計画はあった。

パリの噂話《うわさばなし》にも、多少の真実は含まれていた。マラだの、プリュドムだの、あの手の煽動《せんどう》新聞屋も、根も葉もないデマを活字にしたわけではなかった。

とはいえ、ルイにすれば、依然として笑止だった。オーストリア皇帝の協力を取りつけるだの、先がけて亡命している貴族有志と合流を図るだの、まことしやかな作戦は付録に語られているものの、つまるところは王妃が立てた計画なのだ。

本質的には政治の話でありえない。あくまで政治を行いたいなら、取るべき態度は別にあると考えなければならない。

――フランス王たるもの、こそこそ逃げるべきではない。

かかるミラボーの主張だけは、ルイも大いに共感していた。ああ、堂々としていてこそ、フランス王だ。その地位が脅《おびや》かされつつある今だからこそ、かえって泰然自若《たいぜんじじゃく》としていなければならないのだ。

束《つか》の間《ま》マリー・アントワネットの気が休まるものならばと、計画ばかりは好きに立てさせておきながら、こちらとしては亡命など試みる気もないルイだった。

――しかし、だ。

ミラボーが死んだのでは、俄《にわ》かに話が違ってくる。もう議会と協調する術《すべ》も、民衆と宥和する術もない。それも私のせいでなく、議会が無能で、民衆に分別がないからだ。といって、大胆不敵な行進で堂々パリを退去するや、どこかフランスの地方で議会の解散と臨時政府の樹立を宣言するなどという離《はな》れ業《わざ》も、ミラボーならぬ輩《やから》には荷が勝ちすぎる。

してみると、ひとり残されたパリは空寒いばかりだった。気がつけば、もうルイは裸同然だった。不断の暴風に襲われながら、身を伏せる物陰すらない。このままでは政治的な善処を行いうるどころか、家族の身の安全まで脅かされかねない。

――事ここに至れば、やるしかあるまい。

いよいよ私が乗り出して、やるしかあるまい。手紙の用意を済ませると、ルイは祐筆を下がらせた。ああ、こんな小者に用はない。私が事を起こすとなれば、力になってくれるものは少なくない。現にブイエ将軍は協力を約束してくれたという。ああ、パリとロレーヌを何度となく往復して、全ての手筈《てはず》を整えてくれた、あの男とて使えないわけではない。

――フェルセン……。

あまり使いたい男でないがと、小さく吐き捨ててから、ルイは下階の執務室を出た。階段を上がって、王子、王女と一緒にすごしているだろう、王妃の部屋を訪ねてみるつもりだった。ああ、私たちは家族だ。いつも一緒にいるべき家族なのだ。

政治ではない。経済でもない。己の矜持《きょうじ》でさえなくて、人間たるもの、王族であれ、庶民であれ、最後の価値は家族であるに違いなかった。

5——離れ業

憲法制定国民議会の議員として、マクシミリヤン・ロベスピエールには今も放念できない課題がある。選挙権ならびに被選挙権を納税額の多寡で制限する選挙法、いうところの「マルク銀貨法」が、それだ。

この新しい選挙法が議会を通過し、王の批准まで得られたことで、本来ひとつであるはずのフランス国民が、一定額以上を納税するがゆえに政治参加を許される能動市民《アクティフ》と、納税できないがゆえに意思決定に関われない受動市民《パッシフ》の二様に、否応《いやおう》なく区別されることにもなっている。

国民衛兵隊に入れるのも能動市民だけだ。受動市民となると、現状の衛兵ばかりは排除されないとしても、今後の新たな入隊については一切認められていない。

——そんな馬鹿な話があるか。

これが世の現実だと諭されても、ロベスピエールはあきらめることができなかった。

それでは人権宣言が嘘《うそ》になると思うからだ。貴族ばかりが報われ、平民が報われない社会を廃することができても、今度は富裕層だけが報われ、貧困層が報われない社会になるのでは、フランスを改革する意味がなくなるからだ。

——それどころか、議会自《みずか》らが新たな身分制度を創り出したことになる。

貴族が座していた椅子《いす》に、今度はブルジョワが腰を下ろすだけならば、もはや革命でもなんでもない。義憤の焔《ほむら》を燃やしながら、これまでもロベスピエールは活動してこないではなかった。

マルク銀貨法の廃案を発議したことも一再ならずある。議会には手ひどく退けられて終わるも、かわりの僥倖《ぎようこう》でダントン率いるコルドリエ・クラブの支持に恵まれることになり、通じて今度は在野の市民運動として盛り上げることができた。

マラ、デムーラン、プリュドムなど、自ら新聞の発行を手がける面々なども、その紙面でマルク銀貨法の廃案を訴えてくれた。パリ諸街区の名前で請願を行い、再度の議会審議を訴えたこともある。

——だから、そろそろ山を動かさなければならない。

そう念じて、ロベスピエールは年明けからペンを走らせていた。執筆を試みたのは、次のような題字を掲げる小冊子だった。

「国民議会に宛《あ》てたマクシミリヤン・ロベスピエールの提言。市民権の行使にあたり、一マルク銀貨または職工の一定日数分賃金相当の納税という制限を設けた法令を、無効取り消しとするべき急務について」

脱稿するや、三月末に印刷に回し、配布を始められたのは、ちょうどミラボーの死に前後する頃だった。議会、官庁、各クラブとパリは無論のこと、ジャコバン・クラブの地方支部を通じて、フランス全国津々浦々まで、可能なかぎり広い範囲に発信も試みた。反響は悪くなかった。共闘を申し出る有志は跡を絶たず、また新聞各紙に取り上げられたため、数週その話題で持ちきりでさえあった。マルク銀貨法の廃止も近い、少なくとも審議差し戻しは確実だろうと、そうまで声は高まっていたにもかかわらず、なお議会は動こうとしなかったのだ。

「…………」

ロベスピエールは焦燥感を募らせた。このままでは悪法が罷《まか》り通る。フランスの憲法として通用してしまう。憲法制定作業はといえば、順調に進行して、その成立発布の日程を詳《つまび》らかに九月と発表するところまで来ていた。

憲法発布の後でも改正を発議できないわけではない。その名に示されている目的を遂げたからには、憲法制定国民議会は解散されることになるが、フランスの国の制度から議会がなくなるわけではない。

これについても名前を立法議会と改めたうえ、十月に召集されるものと定められていた。その議員選挙も、各地で選挙人の一次集会が持たれるなど、すでに具体的な作業が始まっている。

――が、それがマルク銀貨法で行われるというのだ。

当選できるのはブルジョワだけである。もとより、マルク銀貨法を支持した議員は、自らの再選が確実になるようにと、それに賛成票を投じている。来《きた》るべき立法議会においてそれにより、金持ちの、金持ちによる、金持ちのための政治になる。貧困層の利害など顧みられない。マルク銀貨法の改正など、議論されるはずもない。

「しかしながら、それで本当によろしいのでしょうか」

五月十六日、その日もロベスピエールは議場に詰めていた。のみか自ら発言を求めて、演壇に突進していた。というのも、そんなことを繰り返しては、そのうち議員が仕事を全《まっと》うできなくなります。ええ、これは民主政治が行われるところでは、古代ギリシャ、古代ローマの昔から、一種の不文律とされてきた慣習なのであります。

「ええ、ええ、議員の再選は厳に禁じられるべきであります」

そう議場に投じると、ざわと波打つ気配があった。それも小さくはない波だった。なるほど、それは議場に席を占める誰にとっても、他人事《ひとごと》ではありえない発議だった。

五月十六日の議事は、憲法制定委員会報告から始まっていた。代表のトゥーレ議員が発表したのが、来るべき立法議会の編成に関する諸々《もろもろ》の条項だった。

そのひとつとして、次のような案文も読み上げられた。

「前の議会の議員は次の議会の選挙でも再選されうる」

これにロベスピエールは噛《か》みついた。だから、マルク銀貨法で行われる選挙なのだ。はじめから再選前提で定められた法律なのだ。選挙法そのものを廃案にできないならば、せめて議員の立候補資格ばかりは制限しなければならないのだ。

「だから、反対です。トゥーレ報告にあるような再選容認の法案など、断じて認めるわけにはいきません。というのも、勘違いは困るのです。立法議会の議員たるもの、自らの利害や個人的な祈念というようなものを、一般大衆のそれと最大限に一致させるべきでしょう。であるならば、議場に籠《こも》り続けることは危険です。いったん下野して、一市民の感覚を取り戻すよう、そこから乖離《かいり》しないよう、常に努力を続けなければならないのです」

ざわめきは大きくなるばかりだった。が、まだまだだと、ロベスピエールは自分の心を鼓舞していた。ああ、まだまだ、こんなものじゃない。私の申し立てを、単なる憲法論議と受け止められては困るのだ。打ち出した高邁《こうまい》な精神は、もちろん憲法の条文たりえるものだが、それは同時に現実の政治にも、密接に連関するものなのだ。

――はっきりいってしまえば、政争を仕掛けるための一手だ。

ロベスピエールは続けた。ええ、さもなくば、フランス国民の支持は得られないでしょう。これは私利私欲の体制ではない、我々は権力の亡者ではないと、あらかじめ証《あかし》を立てておかないかぎり、憲法そのものが疑いの目でみられることにもなりかねません。あるいは我々自身が、はじめに手本を示しておくべきというか。

「ええ、現職の議員は全て一市民に戻る。そうすることで、立法議会においても、議員たるもの、無自覚な再選は許されるものではないのだと、公《おおやけ》に知らしめるべきなのです」

「…………」

「ここに宣言いたしましょう。憲法制定国民議会の議員には被選挙権が与えられないと。少なくとも第一回の立法議会には議員として再選されることはないと」

こちらの意図は、かなり明確になったはずだった。が、演壇から議場を眺め渡したかぎりでも、ひとを馬鹿にするかの嘲笑顔《ちようしようがお》が、いくつか確かめられないではなかった。いわんとするところも、それぞれ野次に託されて、こちらに投げ返されてくる。

「ロベスピエール議員、そいつは自殺行為じゃないかね」

「君とて議席を失うのだぞ。議会政治に参加する術《すべ》を奪われてしまうのだぞ」

「はん、一市民に戻るというが、しがない田舎《いなか》弁護士が下野したが最後で、それきり手も足も出なくなると、持ちかけた君こそ一番に覚悟するべきだろうな」

そうした言葉の全てを小さな身体《からだ》で受け止めながら、ロベスピエールはひるまなかった。ああ、私とて自殺行為は承知している。とうに再選はあきらめている。ああ、立法議会の議員になれなかったとしても、そのことは構わない。仮に自らの命まで犠牲にしなければならないとしても、議会をマルク銀貨法で得をする連中の好きにさせるわけにはいかない。

——たとえ地獄に落ちても、連中を道連れにできるのならば本望だ。

ロベスピエールは離《はな》れ業《わざ》に訴えていた。それも自滅やむなしだとか、玉砕することで己の矜持《きょうじ》ばかりは知らしめたいとか、必ずしも後ろ向きな発想からだけではなかった。それどころか、希望はあると考えている。現議会の議員に再選が許されないなら、立法議会は全て新人で構成されることになる。もちろん、その新人議員もマルク銀貨法で選ばれる。同じように富裕なブルジョワばかりが議場に上げられる。それでも、今の議員と同じに考えるとはかぎらない。新しい展開が生まれないともかぎらない。

——マルク銀貨法を審議の場に差し戻せないともかぎらない。

ロベスピエールは感じていた。政治参加を渇望する新たな勢力がいる。フランスを席《せっ》捲《けん》しつつある新たな政治のうねりに血潮の昂《たかぶ》りを抑えられず、自ら新聞を発行し、街区の活動に身を投じ、あるいはジャコバン・クラブの議論に聞き入り、はたまた地方にありながら、革命の都パリからの報《しら》せに一喜一憂しているような熱血漢が、この国には続々と生まれて、今や絶える兆しもない。

それは在野において、自分を支持してくれる人々でもあった。こだわりの主張が主張であるだけに、庶民が多い。が、富裕なブルジョワがいないでもなく、選挙権、被選挙権を与えられている者となると、これは決して少なくない。

かかる有志が来るべき選挙で議員に選ばれれば、少なくとも今の議員とは別物になる。革命が起こるとも思わないとき、全国三部会の議員として選ばれて、物見遊山《ものみゆさん》の気分でヴェルサイユに来てから、思いがけない事態に大いに慌てた輩《やから》。政治意識の低さから、改革の意欲にも、進取の気象にも乏しく、かわりに秩序に寄せる偏愛と保守の発想ばかりが強い連中。つまりはマルク銀貨法を支持するような議員とは、はじめから一線を画するはずなのである。

――かかる新人議員と一緒に、この私も戦える。

今度は私が在野の立場から応援する。だから、議席などにはこだわらない。だから、大胆な手を打てる。ああ、ミラボーばりの離れ業で、私は新たな政治を拓《ひら》くのだ。念じつつ、今ひとたび議場を広く眺めてから、ロベスピエールは演壇を降りた。

最後に確かめたのは、予定通りの反応だった。議場の高天井に拍手喝采《はくしゅかっさい》が響いていた。それも耳が痛いくらいの厚みだ。誰ひとりとして逃さず、全体を包みこんでくるかの勢いなのだ。

興奮のあまり、椅子を蹴《け》って立ち上がるのは、議席の左右が同時だった。

挟まれながら、中央の議席を占める面々は呆気《あっけ》に取られていた。嘲弄《ちょうろう》めいた野次とて、だんだん引けていかざるをえない。なんとなれば、左派の支持はわかる。過激な革新派であるならば、荒唐無稽《こうとうむけい》な離れ業も躊躇《ちゅうちょ》したりはしないだろう。が、暴論とも思われたロベスピエール演説に、右派まで手放しの讃辞《さんじ》を示しているというのだ。

——だから、ミラボーばりという。

弟子を自任できるほど、私は多くを学んでいるのだ。そうロベスピエールが自負を呟《つぶや》けるというのは、事前の根回しで右派、つまりは保守の陣営を懐柔していたからだった。

——できない話ではない。

現に両派の取りこみは、ミラボーの得意技だった。人民の権利を突き詰める左派の敵も、特権の護持にこだわる右派の敵も、実は同じだからである。フランスを思うがままに支配せんとする新しい身分の誕生は、身分制そのものを廃除したい立場であれ、古い身分を守りたい立場であれ、さしあたりは容認できない話なのである。

——普段は感心しない過激な輩でも、あなたがたよりはマシだという理屈です。

ロベスピエールは中央議席をみやった。平原派《プレーヌ》とも、沼派《マレ》とも呼ばれる中道ブルジョワ議員たちは、右に左に目を泳がせ、予想外の事態に呑《の》まれたままだった。

とすると、気の毒なようにも感じられてくる。大半が無気力かつ無定見の日和見《ひよりみ》が専門で、自らの保身を除けば万事に無関心、せいぜいの願いが無難な落着という手合いばかりだからである。

多数派を占めるがゆえに、その実力は侮れない。が、本当に恐るべきは平原派でなく、これを味方につけて、自らの思うところを議会で無理押ししようとする輩なのである。

中央議席も、やや左よりに位置を占めていた分だけ、その男たちの苦々しげな表情は、いっそう詳らかに窺《うかが》えるものだった。已《おの》が上唇で下唇を噛むようにして、ぼそぼそ、ぼそぼそ囁《ささや》きあう横顔の思いがけない醜さに、一瞬ロベスピエールは胸を衝《つ》かれた。

——こんな風になろうとは……。

つい先日までは真実考えも及ばなかった。それは同志の顔だったからだ。助け、助けられながら、今日までの議会をともに前進させてきた、本当の仲間だったからだ。それが、こうまで、あからさまな敵に転じてしまうとは……。

混沌《こんとん》の議場を鋭い声が貫いていた。発言を求めます。発言を求めます。その内容が明らかにされるに先がけて、もう反論の意図を確信させる剣呑《けんのん》な響き方に、ロベスピエールは小さく呻《うめ》いた。やはり、出たなと。今や隠れもなく、はっきり姿を現したなと。

「アドリアン・デュポール議員に発言を許可します」

そう議長に登壇を許されたのは、三頭派の一角を占める名前だった。デュポール、ラメット、バルナーヴの三頭派、それがロベスピエールが睨《にら》みつけるべき現下の敵だった。

6——三頭派

——三頭派は、おかしい。

やはり、おかしい。とみに、おかしい。いよいよ、おかしい。ロベスピエールが警戒感を強くしたのは、ミラボーが没して間もなくのことだった。

議会随一の雄弁家が去り、怖いものがなくなったということか。あるいはタレイランなどに勘違いさせるものかと、三頭派でミラボーの後釜《あとがま》に座る気なのか。議会を指導する立場につきたいと、かかる意欲は必ずしも否定しないながら、それと同時に露骨に打ち出してきた方向性というものが、ロベスピエールには断じて容認できなかった。

——無理矢理まとめにかかっている。

それがロベスピエールの印象だった。

憲法発布がみえてきた。立憲王政の実現も間近だ。革命は確かに成就した。したがって、今の急務はフランスを安定させることだとして、新たな問題が提出されても無視して潰《つぶ》し、なし崩し的にまとめあげようとしているのだ。

――が、それは誰のための革命なのか。あちらに強引な態度を示されるほど、こちらのロベスピエールは矛を収められなくなった。

そもそもがマルク銀貨法に反対の立場である。能動《アクティフ》市民と受動《パッシフ》市民の区別など許すことができない。ブルジョワであるとか、富裕層であるとか、特定の集団の利益が図られるだけで憤然とせざるをえないのに、個人の利益のために議会の論調が左右される段になれば、いよいよ怒髪天を衝《つ》かずにはいられないのだ。

「有色人種には人権が認められない、だと」

アメリカ人の権利も、ここに来て浮上してきた問題のひとつだった。フランスでいうところのアメリカ人、つまりはフランスが領有するカリブ海の植民地で働かされている農場奴隷、もとはアフリカから連れてこられたともいう有色人種の権利についても、議会の俎上《そじょう》に載せられたのだ。

ロベスピエールにすれば、いうまでもない話だった。ああ、有色人種にも人権は認められる。生まれながらにして、全ての人間に与えられている権利なのだから、否定できる根拠などありえない。

かかる立場からすれば、一連の議論の端緒をなした五月七日の植民地委員会報告からして、業腹《ごうはら》だった。議論の対象となるのは自由黒人、つまりは白人との混血児や解放奴隷だけと、はじめから限定が設けられていたからである。いいかえれば、またしても人間を区別してかかってきたのである。

「そんな馬鹿な。いまだ奴隷として不当に虐げられている人々にこそ、一番に人権が与えられなければならない」

かくてロベスピエールたちは論戦を開始した。そうすると、議会でも、ジャコバン・クラブでも、反対の立場で論陣を張り、大きな壁として立ちはだかろうとしたのが、あにはからんや、理想を共有していたはずの三頭派だったのである。

かかる三頭派の態度については、今なお本当にできない気分がある。なんとなれば、貴族だとか、平民だとか、生まれで人間を分ける社会を改めようというのが、これまで戦ってきた革命の骨子だったはずなのだ。

全員が均質の国民であり、市民であるとの名分を掲げながら、政治参加の資格が富裕層と貧困層で異なる。これは許せないと、ロベスピエールはマルク銀貨法に反対してきたわけだが、そちらの問題ならば、まだしも容認につなげる論法もあろうと思う。努力次第では、誰もが金持ちになれるからだ。今は被選挙権が、あるいは選挙権さえなかったとしても、未来においては手に入れられる可能性があるからだ。

——けれども、生まれながらの肌の色は変えられない。

変えられないがゆえに、それで人間としての価値が左右されてはならない。自明の理屈であるはずなのに、それを三頭派は断じて認めないというのである。

――しょせんは貴族か。

とも、ロベスピエールは突き放してみた。開明派を名乗るとはいえ、やはり貴族として生まれた者には、貴族として生まれたなりの限界というものがあるのか。

なるほど、デュポールなどは法服貴族も名門の生まれ、パリ高等法院を指導してきた系統に属していた。ラメット兄弟にいたっては、いっそう古い帯剣貴族の末裔《まつえい》、一族の出身者に元帥《げんすい》だの、提督だのが数えきれないという、まさしく旧家の流れである。

――けれども、バルナーヴは違うはずだ。

全国三部会に先がけて、ドーフィネ三部会を指導した法曹は、第三身分代表議員だったはずだ。余裕のあるブルジョワの生まれではありながら、貴族ではなかったはずだ。

そのバルナーヴが、どうしてアメリカ人の権利を認められないというのか。

事実として、有色人種の人権否定の急先鋒《きゅうせんぽう》こそ、平民出身のバルナーヴだった。わからない。理解できない。が、目先を変えて、ラメット兄弟の事情を聞けば、いきなりわかりやすい話になる。

ラメット一族は植民地に大きな利権を有していた。カリブ海に浮かぶアンティーユ諸島で、商品作物のプランテーションなど営んでいるらしいのだ。

奴隷労働なくしては、農場経営が成り立たない。有色人種に人権など与えては、給金まで支払う羽目になるかもしれない。植民地に利権を有するがために、危惧《きぐ》を同じくするブルジョワたちが潤沢な政治資金を提供してくれるものだから、三頭派としてはアメリカ人の権利など、ますます認められなくなる。ラメット兄弟が自ら演壇に立つのでは、あまりに露骨と深謀遠慮が働けば、かわりに盟友バルナーヴが前に出てくる。

――三頭派の固い友情めでたしと、それが話の落ちなのか。

冗談にしても笑えない。逆に怒りの問いかけが湧《わ》くばかりだ。それでバルナーヴの正義は、なるのかと。私利私欲の方程式を公論として議会の場に持ちこむなどとは、それ自体が恥ずべき行為でないのかと。

――もはや看過できる段階ではない。

ロベスピエールは心を決めた。共闘してきた仲間であれば、きっと歩み寄れるだろうなどと、そんな甘えも綺麗《きれい》に捨てた。かくて迎えた五月十六日の議会審議も、案の定の展開になっていた。

紛糾《ふんきゅう》したあげくに、十七日、十八日と続いた数日の議論において、アドリアン・デュポールは議員の再選を容認すべしと繰り返した。なんとなれば、憲法制定国民議会議員の、わけても保守穏健の思想の持ち主が、次期議会において再選されないような事態になれば、革命が一気に急進化する恐れがあるからと。

「ええ、高らかな声で人民の主権を日がな叫んでいる輩《やから》こそ、その同じ主権を台無しにしているといわなければならないのです」

そう続けたデュポールは、あるいは再選の必要を積極的に訴えたというより、それを許すまいとするロベスピエール提案に、ひたすらの反対で報いたというべきか。

「まったく、とんだ笑い話です。議員に再選を許せば、一市民の感覚を忘れてしまう、ですと。ひいては自由と平等の理念を後退させてしまう、ですと。はん、ありえません。というのは、自由にせよ、平等にせよ、その種の理念は不可避的な属性からして、どんどん普及し、どんどん成長するばかりだからです。ええ、萎《な》えて弱るどころか、驚嘆に値するばかりに逞《たくま》しい生命力を誇ります。その膂力《りょりょく》にものをいわせて、平らにしよう、ひとつの違いもないように平らにしようと、不断に社会の水平化を志向します。とすると、よろしいですか、終《しま》いには土地の再分配を要求するところまで、増長しないともかぎらない」

最後は農地法まで変えられかねないぞと脅《おど》すことで、デュポールは多くが地主でもあるブルジョワ議員を籠絡《ろうらく》しようと作為した。ええ、なにも私は自分が再選されたくて、訴えているのではありません。それがフランスのためだからです。もう動乱は好ましくないからです。無政府状態だけは避けなければなりません。この国は今こそ正当かつ確かな政治の樹立を望んでいます。ええ、ええ、あえて私は言葉にしましょう。

「革命と呼ばれた出来事は、すでに完成しているのだと」

議員の再選に関していえば、ロベスピエールの実質的な勝利といえた。

提案に難色を示して、改めて憲法委員会原案の正しさを訴えたトゥーレ。それを直《ただ》ちに支持したメルラン。反対に憲法委員の意向など無視する形で再選禁止を応援、被選挙権が無効となる期間についても、四年と数字を出してきたプリュニョン。いや、二年ほどでよいのではないかと修正したペティオン。これに同調したガラ、そしてビュゾ。やはり再選は許されるべきだと、なお固執してみせたル・シャプリエ。

デュポールの他にも演壇に入れかわり立ちかわり、論者は次から次と声を張り上げた。が、それを凌駕《りょうが》するくらいに大きかったのが、さらなる高みの傍聴席から投じられた声だったのだ。ひとたび議員が再選容認などと声に出そうものならば、それきりで発言趣旨の説明など聞き取れなくなるくらいの騒ぎ方を示したのだ。

傍聴席に陣取る人々、いいかえれば名もなき大衆は、完全にロベスピエールの味方だった。

――ミラボーばりの戦術が、またも当たった。

小冊子攻勢が功を奏していた。十六日に審議継続の扱いとなると、ロベスピエールはすかさず議長に許可を求めた。ミラボーの『全国三部会新聞』よろしく、あらかじめ用意してきた紙片を広く配布したのだ。

「国民議会に宛《あ》てたマクシミリヤン・ロベスピエールの提言。国民議会議員の再選について」

さらに審議が十七日にずれこめば、今度は『プロヴァンス通信』ならぬ、「国民議会に宛てたマクシミリヤン・ロベスピエールの第二提言。立法議会議員の再選について」で、いっそうの畳みかけを図る。

もちろん、額面上は議会審議の充実に供する目的でなされたものだが、実際に読んだのは議員というより、各紙の新聞記者や有志市民のほうだった。つまりは議席でなく、傍聴席のほうを占める面々であり、これを味方につけて、議場に圧力を加えさせることが、はじめからの狙《ねら》いだった。

——それが決定的だった。

五月十九日、議会はバレールが提出した妥協案を容《い》れて、本案の議決と定めた。すなわち、立法議会の議員は、次の立法議会にも立候補できる。しかしながら、この二年の間は、いかなる再選も禁止される。再選が認められるのは、早くて二回目の立法議会からとする。

「いいかえれば、憲法制定国民議会の議員は、九月の本議会解散と同時に失職する」

マルク銀貨法を支持した議員も、その全員が下野を余儀なくされる。つまりはロベスピエールの実質的な勝利というわけである。

中道ブルジョワ議員たちは宗旨替えして、事実上の再選禁止に賛成票を投じてくれた。九月いっぱいまでの任期に満足して、晴れの議員から元の自分の生業《なりわい》に、大人しく戻ることにしたわけだ。

民衆に騒がれては仕方がない。連中の暴力には勝てない。下手《へた》に動いて睨《にら》まれるのでは、それこそ詰まらない。とうに観念していて、こたびも過激な声に正対させられては、抗戦の意志も抱《いだ》かないだろう、仮に反感は拭《ぬぐ》えなくても、妥協案まで退けることはないだろうと、かかる展開についてはロベスピエールも事前に見越していた。

——が、本当の敵は別にある。

三頭派はどうかといえば、もちろん最後まで反対した。バレールの妥協案さえ容れなかったが、同じような小冊子攻勢で報いたり、貼《は》り紙《がみ》作戦で民衆の誘導を試みたり、あるいは精力的な根回しで議会工作を行ったりと、とことんまで抵抗するわけではなかった。ロベスピエールが意外と拍子抜けしたくらい、あっさり敗北に甘んじた。

——とはいえ、連中の腹も察せられないわけではない。

デュポール、ラメット、バルナーヴとも、この九月には議席を失う。が、政治活動を続けられなくなるわけではないと、そう考えたはずだった。

なるほど、なんの不思議もない。ロベスピエール自身が続けられると考えていたほどなのだ。

――下野したからと、戦えなくなるわけではない。

新聞を発行したり、街区活動に励んだり、市民運動を組織したり。そういう仲間が現に今このときも、在野で頑張っている。政治参加を渇望する新たな勢力というならば、その仲間のなかから立法議会の議員が誕生するかもしれない。かかる新人議員を通じて、間接的に議会に働きかけることとて、現実的な算段なのである。

――それもこれも活動の足場がなければ、やはり覚束《おぼつか》ない話になるが……。

ロベスピエールには特に当てにしていた場所があった。

――ああ、ジャコバン・クラブで私は頑張る。

7――宣戦布告

議員でなくとも、ジャコバン・クラブに地歩があれば、ここで政策を練り上げられる。理想を掲げ、現実的な施策となし、あるいは施策を実現するための戦略を立て、そうやってこれまでだって議会に働きかけてきた。自分で演壇に立つのでなく、他の議員会員を介することになるとはいえ、これからだってできないはずはない。

そう確信を強くするほどに、ロベスピエールは不都合かつ不愉快な事実のほうにも、目を向けないではいられなくなった。

――ジャコバン・クラブには三頭派もいる。

むしろ主流派を占めていて、その影響下に過半の会員を収めるくらいだ。さらに話を議員会員に限るなら、もう三頭派の与党が圧倒的だ。

かたわら、こちらのロベスピエールはといえば、中心人物たるを自負できるのは、クラブのなかでも一般会員が多い、革新的な左の一派のなかでだけだ。

三頭派が正常な良識を持てるなら、異議を唱えるような話でなかった。が、こうなってしまったからには、邪魔としかいいようがない。ジャコバン・クラブに留《とど》まり、のみかデュポール、ラメット、バルナーヴがともに議席を失うことで、いよいよ活動の拠点と目するようになるならば、ロベスピエールは居場所すらなくしかねない。手を拱《こまね》いているロベスピエールではなかった。ああ、正義を語るばかりの田舎者《いなかもの》と、いつまでも馬鹿にしてもらっては困る。ああ、こちらから仕かけて、ジャコバン・クラブから三頭派の居場所をなくしてやる。

「実際のところ、マルセイユとトゥーロンの愛国者からは苦情が寄せられているのです」

五月二十七日になっていた。議会が退《ひ》けた夜、ロベスピエールは今度はジャコバン・クラブの演壇に登っていた。

その日も集まりは悪くなかった。鬘《かつら》にふる粉が舞って、空気が白く濁るくらいで、図書館を改装した集会場は、ほぼ満席になっていた。

三頭派も顔を揃《そろ》えていた。デュポール、バルナーヴ、それにラメット家からなど、テオドール、シャルル、アレクサンドルと三兄弟が勢揃いしていた。

さらに大きく見渡しても、我が物顔で席を占めていたのは三頭派の与党ばかりだ。議員会員なのだからと、椅子《いす》を与えられる特権を疑わない風さえある。

かたわら、ロベスピエールの仲間たちは立ち見が多かった。演壇の顔がみえるかみえないかという、端のほうまで追いやられてもいた。

――それだからこそ振るいうる強みもある。

外野には、かえって近い。政治の中枢ばかりを凝視するあまり、ついつい見落としがちなものにも目が届く。というより、お偉いさんは相手にしてくれないからと、向こうから袖《そで》を引いてくる。

「他は聞いてくれなかったからと、その訴えは私のところに舞いこんできました」

と、ロベスピエールは続けた。土台がブーシュ・デュ・ローヌ県は革命に意欲的です。ジャコバン・クラブの支部活動も活発です。ええ、マルセイユでも、トゥーロンでも、皆が改革の意欲に熱くなっている。かかる地方会員が不満を抱くにいたっているのです。「ジャコバン・クラブ本部の連中ときたら、もう意欲が冷めてしまったのではないかと」

「どこのどいつだ、そんな文句をいってきたのは」

「どういう苦情なんだ、どういう」

飛びこみが誰の声だったのか、それは確かめられなかった。が、誰であっても関係ない。その目をあえて三頭派に据えながら、ロベスピエールは答えた。

「なんでも、地方支部まで報告が下りてこないのだとか。革命が本当に進展しているのか不安でならないのだとか」

「そんなわけはない。会報はきちんと発送しているぞ」

三頭派の背後に控える誰かが応じたようだった。先刻の飛びこみと同一人物だったかもしれない。あるいは新手が我らが指導者を守ろうとしたのかもしれなかったが、こちらのロベスピエールはといえば、構わず敵の本丸だけを見据えて続けた。苦情というのは、つまりは、そのへんにあるようです。

「ええ、確かに会報ばかりは、きちんと送られてくると。けれど、会報に書かれた内容が全てならば、あれきりしか活動していないのであれば、パリ本部の仕事ぶりは怠慢といわざるをえないとの……」

「無礼だぞ、ロベスピエール」

今度も同じ声だった。しかも椅子から前のめりになって、そうか、受けて立とうと張り切るのは、やはりボンヌカレールだったか。

それは全国連絡委員会の一員、それも代表を務める人物だった。

全国連絡委員会とはジャコバン・クラブの一部門で、文字通りに連絡を取り合うことで、フランス全土の支部を統括している要職である。会報の発送なども、もちろん連絡委員会の仕事になる。

ロベスピエールは肩を竦《すく》めて、わざと惚《とぼ》けた。ですから、私ではありません。

「無礼と責められましても、私はブーシュ・デュ・ローヌ県の会員の考えを、代理で伝えているにすぎないのです。ええ、ええ、このままでは革命が石化してしまうというのは、マルセイユ支部ならびにトゥーロン支部の危惧《きぐ》なのです」

「ぬけぬけと、よくも、そのような嘘《うそ》を……」

「嘘ではない」

そう大声で切り捨てたが、さすがにミラボーのようにはいかなかった。甲高い声になって、それに少し裏返ってしまった。

ざわざわしていた空気が、すぱっと切り落とされたわけでもなかった。が、とりあえず相手に言葉を呑ませることには成功したようだ。

数度の咳払《せきばら》いで喉《のど》の調子を整えると、ロベスピエールはいよいよ糾弾の言葉を発した。

ええ、嘘ではない。プロヴァンス人の代弁を続けますと、パリの呑気《のんき》な尺度で全てを判断してもらっては困ると。議会が置かれる首都だからこそ、もう自由と平等の理念が後退することはない、革命を終わらせてよいなどと、無邪気な台詞《せりふ》も吐けるのだと。

「地方は違う。反革命の脅威にさらされている。ブーシュ・デュ・ローヌ県など、その最たるものなのだと、それが当該支部の訴えなのです」

守旧派の急先鋒アルトワ伯がサルディニア王国で暗躍していることくらい、あなたがたも耳にしているはずではありませんか。サルディニア王国ですよ。アルプスを越えた、いや、地中海を渡るなら越えるまでもない、ブーシュ・デュ・ローヌ県のすぐ隣ですよ。そうロベスピエールに畳みかけられるほど、ボンヌカレールは声もなかった。

もとより、ボンヌカレールは敵ではない。ここで満足して、もう終わるわけにもいかない。ですから、こういう要求が地方から上げられても、私としては無理からぬ話だと思っています。

「すなわち、全国連絡委員会の改選を動議したいという要求が」

「発言を求める。発言を求める」

ボンヌカレールではなかった。ロベスピエールに双眼を注がれ続けて、とうに気づいてはいたのだろうが、それまでは無視を貫いていた。が、そろそろ我慢も限界で、黙ってなどいられなくなったということだ。

「バルナーヴ君、どうぞ」

進行役に許されて、三頭派随一の雄弁家は立ち上がった。なるほど、立ち上がらないわけにはいかないだろう。劣勢に追い込まれたボンヌカレールも、三頭派の子飼いのひとりだからだ。のみか、攻撃の矛先は全国連絡委員会に向けられているというのだ。

代表のほうが短期で交替するために、かわりに幹部級が集められる場所として、提言委員会、入会審査委員会、全国連絡委員会の三委員会は、その実務以上に重要な委員会になっていた。

なかでも全国連絡委員会は全国各地の支部統括を司《つかさど》る。十二人を数える委員のほぼ全員が三頭派の与党でもある。デュポール、ラメット、バルナーヴがジャコバン・クラブという大組織を牛耳《ぎゅうじ》るための、重要な鍵《かぎ》をなしているともいえる。その牙城《がじょう》にロベスピエールは、いきなりの攻撃を加えてやったのである。

「ですから、些《いささ》か乱暴な議論といわざるをえません。改選そのものに反対する理由はありませんが、かたわら全国連絡委員会の仕事を滞らせるわけにもいかないのです。引き継ぎの都合なども考えますと、一度に改選できるのは全体の三分の一までとするべきでしょう」

バルナーヴは反論を展開した。ええ、ひたすら変革、どこまでも前進というわけにはいきますまい。今この時局においては、これまで革命が遂げてきた実績を守り、より確かなものにする作業も不可欠なのです。その理屈はジャコバン・クラブを運営する際にも、そのままあてはまるものではないでしょうか。いや、地方の事情を無視するわけではありませんよ。反革命の動きを警戒しないでもありませんが、それも現実的な脅威にはなりえないかと。

「巷《ちまた》に噂《うわさ》されるような、国王ルイ十六世の亡命でも起きれば、話は別ですが……」

異議ひとつ挟まず、また仲間にも野次ひとつ挟ませず、ロベスピエールは相手に続けさせるままにした。ミラボーなきあと、いよいよジャコバン・クラブ随一、議会随一と謳《うた》われ始めた雄弁家バルナーヴに好きなだけ喋《しゃべ》らせながら、それで全国連絡委員会の改選案が反故《ほご》にされても構わなかった。

ただ目だけは三頭派から動かすことなく、そうすることでロベスピエールは伝えたかった。

――これは宣戦布告ですよ。

ジャコバン・クラブは渡さない。通じて、政局を操作することも許さない。なにより革命を、このまま終わらせたりはしない。そう三頭派に突きつけながら、全国連絡委員会の改選で片がつくほど簡単な戦いではないことくらい、ロベスピエールとて百も承知の話だった。

8——晩餐会

「パリを出ます」

はっきりと宣言したとき、ルイ十六世は気分の高揚を抑えることができなかった。

そう決断した自分が誇らしかった。いや、なんであれ物事を決めるという、そのこと自体が新鮮で、また自分を高めてくれるようだった。

フランスの王であれば、これまでも決断は求められてきた。閣議に臨めば、それこそ決断しか仕事がないほどだった。が、そこには決断を迫る大臣たちがいた。勢い、自分で決めるというより、大臣たちの意向を了承する意味合いのほうが強くなった。

大臣たちの反対意見を退けてまで、自分の意志を貫いたこともないではない。とはいえ、やはり自分自身が行動するわけではなかった。誰かに命令して、やらせるだけだ。失敗しても現場のせいにできるかわり、成功してもさほど自分は嬉《うれ》しくない。

——だから、気持ちも昂《たかぶ》らない。

ルイは興奮のあまり指先まで震わせている自分に気がついた。待て、待て。こんな風では、いけない。さすがに仕事が覚束《おぼつか》なくなる。いつも通り、いつも通りというのが、成功の秘訣《ひけつ》なのだ。

実際、いつもと変わらぬ夜だった。一七九一年、六月二十日、月曜日、フランス王ルイ十六世はテュイルリ宮殿の大広間で晩餐会《ばんさんかい》を催していた。

晩餐会といいながら、端と端では会話さえできないくらいの長大な卓を据えおき、ろくろく顔と名前も一致しないような紳士淑女を招待するというような、ヴェルサイユ式の宴ではなかった。

外国の大使たちが宮殿の贅《ぜい》に目を奪われているでもなければ、王国津々浦々から上る貴族たちが陪席の栄を競いあっているでもない。このパリで呼べる客人があるとすれば、もはや王弟プロヴァンス伯夫妻と、王妹エリザベートくらいのものだ。

要するに家族だけの、ささやかな夕食である。楽隊が奏でる調べも聞こえてこない、通夜さながらに静かな食卓にあっては、並べられる料理までが淋《さび》しかった。

ヴェルサイユで腕を揮《ふる》った料理人たちは、大方が失業を余儀なくされていた。が、それで困るわけではない。パリに転居して、「レストラン」を開いたからだ。これまでなかった高級飯屋として、これがブルジョワたちに大受けになったのだ。

我が世の春とばかり、かつての宮廷料理に舌鼓を打ちながら、金ならあると、ぽんと気前よくはらってくれる。すでにブルジョワの時代であれば、落ち目の王家に用はないと、料理人はこちらが首にするより先に自分から暇《いとま》を求めた。あおりで宮廷の食卓は、どんどん淋しくなっていくのだ。

——それも悪いことばかりではない。

次から次と皿を運んで、往来を絶やさない給仕の姿もなくなっていた。一通りの食卓が準備されれば、もう仕事がないからだ。だから、遠慮などはいらない。

「逃亡の具体的な手筈《てはず》のほうも、すでに整えられております」

ルイは声を低めることもなく続けた。パリを脱出したあとは、ひたすら東に向かう道を駆け、さしあたりの目的地は国境の町モンメディになります。ええ、ブイエ将軍が協力してくれることになりました。ええ、ええ、司令官として駐屯軍を統括、ロレーヌ国境を押さえている将軍が、我々の身柄を保護してくれることになったのです。

「国境の向こう側では、オーストリア軍も動員を進めてくれます」

文字通りの瞠目《どうもく》で応《こた》えて、弟夫婦と妹は三人ながら声もなかった。

無理もない、とルイは思う。なにせ今日も今日、今このときにいたるまで、ひとつも教えないできたのだ。こちらの勝手で計画を組み上げて、それを打ち明けるとなると、真実いきなりだというのだ。

気の毒と思うと同時に、ルイは小さな愉悦も覚えていた。あるいは相手のまだ知らないことを知るという、知ることで優位に立っていると思う、ある種の万能感というべきか。というのも、びっくりは、これだけではないのだ。ええ、これは私ひとりの話ではありません。ええ、ええ、家族も一緒に連れてゆきます。

「ですから、あなた方もパリを脱出してほしい」

そう告げると、プロヴァンス伯はガタと椅子《いす》を鳴らして、本当に立ち上がりかけた。かなりな肥満体なので、ちょっとした動きでも大袈裟《おおげさ》に感じられる。こちらが眉《まゆ》を顰《ひそ》めてやると、浮かせた腰ばかりは戻したが、弟の相貌《そうぼう》はといえば今度は蒼白《そうはく》になっていた。いざ口を開けば、やはり加えられた不条理に抗議するかのような調子になる。

「私たちも脱出すると申されますが、兄上、そんな大事を……」

ルイは大きな手を差し出した。いつもの無表情ながら、そこに有無をいわせぬ制止の意味を籠《こ》めたつもりだった。ええ、なにを論じたところで今さら無駄です。もう決断しているからです。私はシャンパーニュを横断します。モー、シャロン・シュール・マルヌと進み、そこからは住民の騒擾《そうじょう》が危惧《きぐ》されるランスとヴェルダンを避けながら、アルゴンヌの森に向かいます。クレルモン・アン・アルゴンヌ、ヴァレンヌ・アン・アルゴンヌ、ダン・シュール・ムーズ、ストネと辺鄙《へんぴ》なところを抜けながら、モンメディに到達しようと思うのです。

「エリザベート内親王、あなたも私と一緒に行きましょう。それでプロヴァンス伯、あなたは別行路です。目的地を同じくする東進も、やや北よりの道を進んで、ソワソン、アヴェーヌ、モンスと経由しながら、いったん低地地方のオーストリア領に入ってください」

「そこから南にくだって、モンメディに直行せよと」

確かめるプロヴァンス伯は、いくらか落ち着いた声だった。ルイは弟に頷《うなず》いてみせると、すぐに目を滑らせた。それでプロヴァンス伯妃、モンメディまではあなたのために、さらに別行路を用意しました。ブリュッセル、ヴァランシエンヌ、オルキーと抜ける道です。いくらか時間がかかろうとも、あなたは安全な道を進まれたがよろしいでしょう。

「ああ、そうか。モンメディで落ち合うといいましたが、実際に来ていただきたいのは、郊外のトネル村というところです。クールヴィルという名の神父の屋敷に、すでに長逗《ながとう》留《りゅう》に堪えるだけの家具を運びこんであるそうです。もちろんブイエ将軍が、です」

ルイは知らず手ぶりまで用いていた。自分で気づいて、もしや楽しげにみえたのではないかと、少しだけ己を恥じた。が、それだからと、勢いづいた舌を止められるわけではない。とうとうと語る自分をどうすることもできない。ええ、トネル村については、私自《みずか》らが地図で確認しております。そのうえで理想的な集合場所であると納得しております。トネル村というのはシエール河を監視するオート・フォレの高台、あそこに普段から配備してある兵団の駐屯地のすぐそばなのです。歩兵大隊十二、竜騎兵、軽騎兵、猟騎兵の騎兵中隊が合わせて二十三、さらに砲兵隊もおります。大砲は十六門までが常に使用可能になっているそうです。

「総勢六千人、ほとんどが外国人傭兵《ようへい》ですから、フランス国民の思想や意思とは、ほぼ無関係ということになります。ですから、プロヴァンス伯、あなたも私と一緒に、これらの兵団を観閲しようではありませんか。しかる晴れの式典の後に、私は功あったブイエ将軍を召し出して、新しい元帥杖《げんすいじょう》を進呈するつもりです」

こちらの勢いに押しこまれたまま、しばし弟は無言を続けた。が、いつまでも沈黙を続けていては、不服の意と解釈されかねないと恐れたか、いくらか慌てた口調で始めた。

いえ、兄上、ええ、計画そのものは、なんというか、ええ、ええ、悪いものではありません。というか、兄上は綿密な方であられますから、御自《おんみずか》ら立てられた計画ということなら、完璧《かんぺき》と断言しても差し支《つか》えありますまい。

「いや、私が自ら立てた、というわけではありませんよ」

そう正直に明かしかけて、ルイは直後に無意味と断じた。

嘘《うそ》つきと罵《ののし》られたらどうしようと、そんな子供のような心配に駆られている場合ではない。むしろ嘘も方便と開きなおるべき場面である。

「ですから、全て自分で計画したわけではなく、臣下の作案をそのまま採用したという部分もあるわけです。けれど、まあ、そうやって組み上げられた全体の計画については、全て私が自分で確認しております。その段階で私が細大漏らさず精査したことも、ええ、ええ、間違いないことです」

「わかりました」

プロヴァンス伯は、いったん引きとった。が、そのまま引き下がるわけではなかった。ええ、もとより兄上に疑念を抱《いだ》くと、そんなつもりは毛頭ございません。ただ今なお信じられない気持ちもあるわけです。我ながらくどいとも思うのですが、ですから、確かめさせてください。

「兄上、これは本気の話なのですか」

そう質《ただ》されて、ルイは眉《まゆ》を顰めてみせた。

「プロヴァンス伯、意味がわかりかねるが」

「時期が悪すぎると申しますか。次は国王ルイ十六世の亡命だなどと、さかんに噂《うわさ》されておりますのに、あえて決行するというのは……」

パリの人々は疑心暗鬼に駆られている。当局も警戒を強めて、テュイルリ警備の国民衛兵隊を平素の三百人から倍の六百人にまで増やしている。そのような最中に亡命など試みても、成功するわけがなかろうと、それがプロヴァンス伯の理屈であるらしかった。

こちらのルイは、それこそ我が意を得たりと、高く指を立てた。そこなのです。そこなのです。むしろ噂があるからこそ、決行してやろうというのです。

「逆に虚を衝《つ》くといいますか、これだけ皆が神経を尖《とが》らせているのだから、ルイ十六世ともあろう、はは、なんですか、愚鈍ですか、弱腰ですか、とにかく状況に流されるまでの無気力で知られた王が、まさか決行したりはしないだろうと決めつけて、いうなれば今のパリは油断しているわけなのです」

「そういう読みも可能ですか。それにしても……」

言葉を尻窄《しりすぼ》みにして、なおプロヴァンス伯は表情を曇らせた。みるからに納得していなかった。だんだんとルイは腹が立ってきた。

弟の気持ちは察せられないではない。軽々しく賛同できる話でなく、むしろ慎重な熟慮が尽くされるべき話だとも考えている。それにしても、その顔つきときたらないぞ。なにを有頂天になっているのかと、もしや私を窘《たしな》めるつもりなのか。

「すでに決定したことだ」

無表情に戻りながら、そうルイは繰り返した。が、その無表情こそ君主の顔つき、万民を無用に恐れさせることのない、国父の顔つきであるらしかった。兄の寛容を期待できると踏んだのか、プロヴァンス伯も調子が出てきた。

「いや、兄上は決定したと申されますが、私にも私の考えというものがあり……」

「パリに残れば、ひどいことになりますよ」

つけこまれるものかと、ルイは毅然《きぜん》と叩《たた》きかえしてやった。自らの発言を途中で遮られながら、あちらのプロヴァンス伯としても文句をいうではなかった。それどころか、大きく息を呑《の》んだきり、それを容易に吐き出せない。

的を射たらしかった。ひとつ銀杯の葡萄酒《ぶどうしゅ》を口にしてから、ルイは続けた。私が脱出したと知れれば、パリの群集は激怒するでしょう。王家のことを売国奴とも、反革命の裏切り者とも罵るでしょう。

「けれど、もう私たちはいない。そのとき怒りの矛先を向けられるのは……」

「わかりました、わかりました、兄上」

「本当に、本当に理解しましたか」

「ええ、本当にわかりました。私たちとてパリに残りたいわけではありませんしね」

ルイは無言ながらも弟に頷いてやった。プロヴァンス伯のほうは兄に倣《なら》って、自らも酒杯に手を伸ばした。ぐいと一気に呷《あお》ることで、なんとか気持ちを取りなおせば、あとは詳細を確認するのみだった。

「それで決行は、いつなんです」

「今夜です」

答えてやると、また弟は絶句だった。

9——動揺

刹那《せつな》の目には非難の色も浮かんでいた。が、どんな風に責められても、事実なのだから仕方がない。

「よろしいですか、プロヴァンス伯」

ルイは畳みかけた。決行は今夜なのです。というか、すでに始まっています。同道する子供たちの養育係、ブリュニエ夫人とヌフヴィル夫人の御二方《おふたかた》は、郊外のクレイで私たちと合流する予定で、もう先発しているのです。

そこまで続けてから、ルイは懐中時計を確かめた。

「ああ、もう十時を大きく回っているんですね。でしたら、あちらの馬車だけじゃない。こちらの馬車とて、すでに走り出していることになります」

「こちら、と申されますのは」

「家族みんなが、ぞろぞろ行進しながら、部屋を出ていくわけにはいかないでしょう」

「もちろんです。テュイルリ宮には国民衛兵が詰めて、常時警備を欠かしませんからね」

「国民衛兵など本来は取るに足らない輩《やから》なのですが、まあ、そうです。もっともらしく、歩哨《ほしょう》巡回なども励行しておりますからね。十時にも一巡りしたはずだ。けれど、そろそろ終わる頃だ。あとは酒を呑《の》むか、お喋《しゃべ》りに興じるか、ぐうぐう寝るかが相場ですから、その隙《すき》を衝《つ》いて、こちらの第一陣が馬車に乗りこむ算段になっています」

「して、その第一陣とは」

「二人の子供たちと、養育係のトゥールゼル夫人です」

「王子王女が……。危険ではないのですか」

「ですから、ここに残されるほうが危険でしょう」

パリに残れば、ひどい。それは弟を脅《おど》すための口実に留《とど》まらない、ルイの動かぬ確信だった。であるなら当然の配慮として、より弱い者、より迫害に堪えられない者から先に逃がさなければならない。

――なにより先に子供たちをテュイルリの外に出さなければならない。

現実的な算段として、不可能というわけでもなかった。午後十時をすぎていれば、十三歳の王女、六歳の王子とも、床に就いている時刻である。ならばとルイは計画のことなど、子供たちには一切知らせないことにした。

――好きこのんで、不安にさせることはない。

それが父親としてのルイの考え方だった。ああ、いつも通りに寝かせて、そのときが来たら起こせばよいのだ。寝ぼけ眼《まなこ》でなにがなんだかわからないうち、テュイルリ宮の外に出ているというのが理想だ。寝起きに愚図られてしまったなら、サン・クルーに行くことになったとかなんとか、適当な口実を拵《こしら》えながら、とにかく着替えさせてしまうことなのだ。

ルイは弟に向けて続けた。もちろん、危険がないよう、脱出には万全の備えであたります。万が一に発覚したときのために、それ相応の用心も欠かしていません。

「王子には女の子の服を着せることにしました。あの子は愛らしい顔つきをしていますからね。もとより、まだ男も女もない歳《とし》ですしね」

「そうですか」

受けたプロヴァンス伯は、虚《うつ》ろな目になっていた。そうですか。そうですか。それにしても王太子殿下と、それにマリー・テレーズ様までが、すでにテュイルリ宮を後にされているとは……。続いた言葉もうわ言のようであり、恐らくは計画が本気で、しかも今夜の決行で、すでに始まっているという、あまりな事態にあてられて、頭蓋《ずがい》の内が容易に整理ならないのだろう。

弟の狼狽《ろうばい》を見守りながら、ルイは再び優越感にも似た気分に満たされた。ハッとして胸を衝かれたのは、それがプロヴァンス伯に引き比べるほど、はきはき明るく響く声だったからである。

「それで義姉上《あねうえ》はおられないのね」

言葉を挟んだのは、プロヴァンス伯妃マリー・ジョゼフ・ルイーズ・ドゥ・サヴォワだった。婚姻外交を繰り広げる王族の話であれば、血の混じり方も幾重にもなって、もうフランス人も、ドイツ人も、イタリア人もないようなものながら、サルディニア王家から嫁いできた義妹は、やはり南国の女を思わせないではおかなかった。

――つまりは陽性の質《たち》ながら、どこか勝ち気だ。

それなり美貌《びぼう》も謳《うた》われている女の自信か。プロヴァンス伯のほうに男色家の噂《うわさ》が絶えないからには、あるいは欲求不満なのかもしれないが、いずれにせよ、無遠慮といえるくらいはっきりした言葉も口に出してしまう。

正直ルイは苦手だった。プロヴァンス伯妃に話しかけられると、なにはなくとも、それだけでドギマギしてしまう。

義妹が義姉というのは、もちろん王妃マリー・アントワネットのことである。晩餐《ばんさん》の大広間に確かに王妃の姿はなかった。いや、つい先刻までは食卓をともにしていたのだが、十時少し前から中座していた。

プロヴァンス伯妃が察したように、もちろん予定の行動である。王妃の中座は子供たちを起こして、馬車に送り出すためなのである。トゥールゼル夫人だけでは不安がるだろうから、母親である自分が手を引いていくと、それがマリー・アントワネットの申し出だったのだ。

ルイは自分にいい聞かせた。いいあてられたからと、なにも心乱すような話ではない。ただ義妹が苦手というだけだ。ああ、なにはなくとも、苦手なのだ。が、それだけに容易に解放してくれず、プロヴァンス伯妃ときたら、さらに先を続けたのだ。

「つまり、もう義姉上は発《た》たれてしまわれたのですね」

「えっ」

とっさにルイは聞き返してしまった。我ながら間《ま》が抜けていた。あちらのプロヴァンス伯妃も嫌らしい感じで、小さく口端《くちは》を歪《ゆが》めたようにみえた。

――笑われた。

そう心に呻《うめ》いたとたん、どんどん赤面してしまう自分がいた。耳の先まで赤くなっているだろうことが、火照《ほて》るような感覚でルイにはわかった。が、待て、待て。とにかく落ち着け。私には恥じ入るような理由はない。少なくとも、御せないくらいに赤面するべき理由はない。

自分に言い聞かせて、なおルイは動揺を鎮めることができなかった。不本意ながらも慌て気味で手をつけるのは、なにはさておき義妹の間違いを正すための説明だった。

「いいえ、い、いいえ、まだ、ええ、まだ王妃は出発したわけではありません。ええ、じきに戻ってきます。子供たちを馬車に乗せにいっただけです。第一陣は二人の子供たちと養育係のトゥールゼル夫人だと、先ほども申し上げたはずだ。無事の出発を見届け次第、いったんマリー・アントワネットは戻るのです」

「けれど、国民衛兵が沢山いるのではなくて。あの者たちにみつからないよう、テュイルリ宮を抜けていくだけで大変な仕事でございましょう。せっかく外に出られたというのに、それを車寄せのところから、わざわざ引き返してくるなんて、まさに至難の業《わざ》なのじゃありませんこと」

「伯妃の言い分にも一理ありますなあ」

プロヴァンス伯まで加わってきた。いや、恐れながら申し上げますが、兄上の勘違いではございませんか。普通に考えれば、義姉上は御子様たちと一緒に出発するでしょう。危険を冒して、引き返してくる理由などないでしょう。

「でなくとも、酷な話です。この陰気な宮殿から、ようやく解放されるのですよ。自由の空気を吸えたと思うや、また自《みずか》らの意志で虜囚の境涯に戻らなければならないというのですよ。いや、それは酷な話だ。ほんの短い時間であるとはいえ、愛する子供たちと別れなければならないとなれば、いっそう酷だ。ねえ、エリザベート、そんなこと、おまえだったら堪えられるかい」

プロヴァンス伯はそれまで黙して聞くばかりだった妹にも水を向けた。まったく、余計なことをする。エリザベートは困ったような顔で首を傾《かし》げただけだったが、こちらのルイはといえば、軽薄な弟に腹を立てずにいられなかった。

「そなたのような気楽な境涯とは違うのです」

ルイは棘《とげ》も露《あらわ》に突き放す言葉を用いた。ええ、同じ王族であるとはいえ、王と王妃だけは完全に別なのです。

「それが困難であれ、酷であれ、マリー・アントワネットはやらなければならないのです。なんとなれば、王と王妃は午後十一時をもって、就寝の儀を果たさなければなりません」

「ああ、そうでしたわね」

再びプロヴァンス伯妃が受けた。就寝の儀をなさらないでは、もう逃亡がばれてしまいますものね。

それはヴェルサイユ宮殿を建立した先々代のフランス王、ルイ十四世の時代から受け継がれてきた宮廷儀礼のひとつだった。国王の生活たるもの、朝起きてから夜寝るまで、あまねくフランス人の模範たらねばならず、また模範を広く知らしめるため、それは公開されねばならない。かかる考えに基づいて、いちいち儀礼が定められ、それがパリに住まいが移された今なお、途絶えることなく続いていた。

いいかえれば、就寝の儀には見物客がやってくる。パリに宮殿が移されて、見世物としての意味合いは、かえって大きくなったくらいだ。今日六月二十日とても、十一時になれば物見高いパリジャンたちが、王と王妃の寝室に押しかけてくるはずなのだ。だから、マリー・アントワネットは戻る。子供たちと一緒にいなくなるわけにはいかない。王妃として儀礼を果たさなければならない。

「けれど……」

なにか続けかけながら、プロヴァンス伯妃は引きとった。いえ、そうですか。ええ、そうですわね。あとは口を噤《つぐ》んでしまったが、すっきり納得した風ではなかった。収まらないといえば、こちらのルイとて同じだった。できることなら、義妹の細い肩をつかんで、乱暴に前後させながら、無理にも問い質したかった。今なにをいおうとしたと。続けかけて止《や》めたのは、一体どういう理由からかと。

——そのまま逃げ出すだろう、とでもいいたかったのか。

ルイが仄《ほの》めかされたと感じたのは、マリー・アントワネットの裏切りだった。やはりテュイルリ宮になど戻るはずがないだろうと。いったん自由を手にすれば、あとの王妃の務めなど知ったことではなくなるだろうと。就寝の儀が滞ることで計画が発覚し、残された王がいっそう過酷な監視下に置かれることになったとしても、そんなことくらい気に病みやしないだろうと。愛する者に別れる痛みと比べなければならないなら、亭主のことなど簡単に忘れてしまうだろうと。

「だって、マリー・アントワネット様も女であられるわけでしょう」

自分も女だからわかると、そういいたかったのか、プロヴァンス伯妃は。ルイの胸中に無数の問いかけが渦巻いた。が、ひとつに収斂《しゅうれん》してみると、思いのほかに他愛《たわい》ない問いになる。つまるところ、もしや義妹は知っているのかと。愛する者とは二人の子供たちだけではないと、そこまで突きとめたうえでの勘繰りなのかと。

――計画の協力者のことまでを……。

実際のところ、二人の子供を馬車に乗せる現場には、トゥールゼル夫人と王妃の二人だけではなかった。当然ながら、馬車を操る御者がいる。その役に志願した男こそ、実は逃亡計画の頼れる協力者であり、のみならず不可能を可能にせんと奔走した、そもそもの立案者でもあった。ならば、もう他の男はいらないとばかり、そのままマリー・アントワネットはパリから逃げ出してしまうのか。これ幸いと、故国オーストリアまで落ち延びてしまおうというのか。

――この私を捨てて……。

馬鹿な……。馬鹿な……。ありえない話だと、ルイは自分に言い聞かせた。ああ、そんな無責任な女ではない。そんな無節操な質でもない。なにより、私たちは夫婦だ。もう二十年から一緒なのだ。子宝にも恵まれて、すでにして家族でもある。にもかかわらず、夫であり、子供たちの父親でもある私を捨てて、さっさと逃げ出すはずがない。

——こんな疑念に捕われるなど……。

馬鹿は私のほうだなと、ルイは自分を冷やかす笑みを浮かべた。が、そうする間も胸の奥底では、どきどきと心臓が跳ねていた。確かにマリー・アントワネットは遅い。すでに時計の針は十時半を回っている。子供たちなら、とうに出発している時刻だ。もう晩餐に戻ってよい頃なのだ。その現実を突きつけられれば、いよいよ疑心暗鬼の闇《やみ》が濃くなる。王妃は戻らないのではないかと、そんな気がして拭《ぬぐ》えなくなる。

——あの男と手に手をとって……。

卓に隠れてみえないところで、ルイは自分の腿《もも》をつかんだ。そのまま強く握りしめた痛みで、不愉快な想念など追い払おうとしていたときだった。

ガチャと金具が鳴る音がした。ハッとして扉をみやると、目に飛びこんだのは裳裾《もすそ》の光沢だった。ああ、王妃だ。王妃が戻ってきたのだ。

ふうとルイは大きく息を吐いた。

「失礼いたしておりました」

そう断りながら、マリー・アントワネットは微笑で晩餐の席に戻った。表情から子供たちの脱出が上首尾だったことが知れた。それとして安堵《あんど》すると同時に、ルイは恥じ入る気分にも駆られた。そうだ、そうだ、それのほうが先だ。王妃の帰りが遅れたというならば、なにか問題でも起きたのではないかと、それを一番に心配するべきだった。

10――変装

「ロシア貴族コルフ男爵夫人のフランクフルト・アム・マイン経由ロシア行《こう》」一家の逃亡のために用いられる、それが隠《かく》れ蓑《みの》の名分だった。同じ内容で旅券の申請も行い、国王ルイ十六世の署名、外務大臣モンモランの副署が入れられたものを、きちんと入手済みでもある。

養育係のトゥールゼル夫人がコルフ男爵夫人、王女マリー・テレーズと王子ルイ・シャルルが二人の令嬢アメリーとアグラエ、王妹エリザベートが旅に付き添う男爵夫人の親戚《しんせき》筋の娘ロザリー、そしてルイ十六世が執事デュラン、王妃マリー・アントワネットが腰元ロシェ夫人と、それらが馬車に乗りこむべき六人それぞれに与えられる役柄だった。それらしくみえるよう、皆が変装を義務づけられるという意味でもある。

――まんざらでもないだろうかな。

大鏡の前に立ち、ルイは自分の変身を確かめた。灰色の鬘《かつら》に丸帽子、それに深緑の外《がい》套《とう》という野暮な風体《ふうてい》は、まさに執事風情《ふぜい》の飾らない旅装そのものだった。フランスの王として飾り立てる普段の服装よりも、かえって板についている気さえして、我ながら苦笑を禁じえないほどだ。

「で、マダム、あなたのほうはいかがです」

ルイは押し殺した声を金細工の衝立《ついたて》の向こうに投げた。ごそごそ衣擦《きぬず》れの音がして、マリー・アントワネットも取り組んでいるようだった。が、そこは御婦人の都合があるのだ。

「申し訳ございません。まだ少しかかるようです」

灰色の地味な装いは腰元風の簡素な仕立てであるとはいえ、今宵《こよい》ばかりは大勢の侍女に手伝わせるわけにもいかない。殿方の着替えのようには捗《はかど》らないと、そういうことだ。

「そうですか。まあ、仕方ありませんね」

「いえ、仕方ないでは済ませられません。ここは陛下のほうから、御先《おさき》に」

そう王妃に促されたものの、ルイは諾《ウィ》と即答はできなかった。御先にというのは、他でもない。先にテュイルリ宮を脱出しろと、そういう意味だったからである。

より弱い者、より迫害に堪えられない者から先に逃がす。そう唱えるルイは、いうまでもなく順番の最後に自分を置いていた。マリー・アントワネットは、その前に逃がしてやる算段だった。

「ですから、あなたをひとり残して、私ばかりが先に行くわけにはまいりません」

「もったいない御言葉でございます。それでも陛下、こたびばかりは一刻を争う話でございます。でなくとも、すでに大きな遅れが生じているのです」

そう指摘されれば、それは違うとは返せなかった。ルイは思わず舌打ちしそうになった。

晩餐会《ばんさんかい》は十一時で切り上げられた。プロヴァンス伯夫妻はテュイルリ宮を後にして、自《みずか》らの居館であるリュクサンブール宮に向かった。なに怪しまれることもない帰宅だったが、その実は向こうにも逃避行の馬車が用意され、到着次第に出発する手筈《てはず》だった。

王妹エリザベートもテュイルリ宮内フロール棟の自室に下がった。貴族の娘という役柄だけに、変装というほどの変装もいらないながら、やはり旅装ばかりは整えなければならなかった。準備が出来次第に王子王女と同じように宮殿を抜け出して、十一時二十分より前には迎えの馬車に拾われたはずだった。

かたわら、こちらの国王ルイ十六世と王妃マリー・アントワネットは、定例の就寝の儀をこなさなければならなかった。十数年来の習慣も、こうなると面倒でしかない。が、逃亡計画を隠蔽《いんぺい》する手続きと思い返せば、やるしかない。さっさと済ませてしまおうと、侍従に用意を命じた矢先に告げられたのが、不意の来客だったのだ。

午後十一時七分、テュイルリ宮を訪ねてきたのは、ラ・ファイエット侯爵だった。

「…………」

ばれたかと、ルイは一瞬肝を冷やした。洩《も》れるとすればラ・ファイエット侯爵だろうと、それはあらかじめ危惧《きぐ》されていた当の人物だったからだ。

ロシュルイユ夫人という女官がいた。王太子の「椅子《いす》係」、平たくいえばおまる係を務めていたが、私生活ではジャン・バティスト・グーヴィヨンという男の愛人だった。このグーヴィヨンが国民衛兵隊の幹部、つまりはラ・ファイエットの腹心だったのだ。一派がテュイルリ宮の内情を押さえるために、ロシュルイユ夫人は密偵を兼ねることになっていた。それも決行が六月二十日まで遅れた理由のひとつだった。

はじめ六日とされた日付が十二日に日延べになったのは、確かに四半期《しはんき》分の王室費二百万リーヴルを受け取るためだった。が、それが延期に伴う諸々《もろもろ》の調整のために十九日まで延び、さらに二十日に変更になったというのは、ロシュルイユ夫人の非番を待たなければならなかったからなのだ。

——にもかかわらず、突き止められてしまったか。

逃亡計画の存在をラ・ファイエットに告げられていたか。そう考えて、ルイは顔面蒼《がんめんそう》白《はく》になったが、よくよく話を聞いてみると、そういうわけではなかった。

ラ・ファイエットは祭事の話を始めた。来《きた》る木曜日、立憲派神父の執式で「聖体行列」が行われるが、過日これに陛下は参加するといわれました、かかる前言を翻《ひるがえ》すことなく、是非にも参加されたいと、くどくど同じ話を繰り返して、ただ念を押しただけだった。

どういう目的があったものか、ラ・ファイエットの真意は知れない。が、知る必要があるとも、ルイは思わなかった。土台が捕えどころのない男なのだ。時々わけがわからない真似《まね》もする。というより、巷《ちまた》に呼ばれる「両世界の英雄」は、ただ自分が目立つことしか頭にないのだ。

――僕のことを忘れてくれるなと、それくらいの意味だったのだろう。

なんの中身もない割に、会談は長引くだけは長引いた。午後十一時三十二分、ラ・ファイエットが退室して、ルイはようやく寝室に向かうことができた。

やはりというか、その日も見物人が多かった。

就寝の儀といって、なんのことはない、ただ着替えて、寝るだけのことである。それも貴族、廷臣、侍従の類《たぐい》が入れ替わり立ち替わりで、鬘を預かる役がそれを恭《うやうや》しく掲げながら退出し、召しものを脱がせる役がこれみよがしに広げながら部屋を横切り、あげくに最高の貴紳でなければ果たせない務めなのだとばかり、夜着を運んでくる役は鼻高々であると、傍《はた》で眺めている分には面白いのかもしれなかった。

もちろん、ルイには退屈なばかりである。いや、それを当然の習慣として受け入れてきた身であれば、これまでは特段に思うところもなかったのだが、最近ひどく堪えがたく感じられるようになっていた。

——わけても、今夜だ。

苛々《いらいら》して仕方なかった。が、それも侍従のルモワーヌとマルカンが、寝台に巡らされた中国織の幕を引いてしまえば終わりだった。もう明日の朝まで邪魔されることがない。それを儀式というからには、誰も決まりを破ることは許されない。

ただルイは手首を紐《ひも》で縛られていた。それも儀式の一環であり、もう一方の端を自分の手首に結《ゆ》わえておくのが、律儀者のルモワーヌだった。

幕外に簡易寝台を据えながら、自らも眠るは眠るが、国王陛下に何事かあれば、いつでも飛び起きられるようにとの配慮である。大抵は翌朝に引いて、速やかな起床の役に立てるしかないのだが、この紐が結ばれているかぎり、こちらの些細《ささい》な動きも気取《けど》られてしまう。

とはいえ、ルモワーヌも着替えなければならなかった。見物人が退《ひ》けた儀式のあとだが、そのときだけは紐も外す。

幕内から窺《うかが》っていると、ごそごそ衣擦れの音がした。今だとルイは手首から紐を外し、かわりに掛け布の端に結わえた。簡易寝台に気配が戻るも、ルモワーヌはなにも気づいていないようだった。

——哀れなルモワーヌ。

そうは思いながら、ルイは寝台を抜け出した。続きの衣装部屋を抜け、並びの王子の部屋から階段を下り、急いだ先が中上階に設けられた王妃の私室だった。

こちらも就寝の儀を済ませたはずだった。いや、とうに終えたと決めつけられたのは、王妃のそれは随分と簡略化されていたからである。

誰か女官が夜じゅう張りついている決まりもない。準備するなら、王妃の部屋しかなかった。ルイの着替えも、そこに用意されていた。飛びこむや、素早くコルフ男爵夫人の執事デュランに変装するというのは、事前に立てられた計画の通りだった。それでも、なのだ。

「王妃様の仰《おっしゃ》る通りです。すでに大幅な遅れです」

同じく押し殺した声で割りこんだのは、黄色い服の郵便配達夫だった。もちろん変装で、その実はフランソワ・メルキオール・ドゥ・ムスティエという元近衛兵《このえへい》である。

こたびの逃亡計画の護衛役を務めてくれる、やはり志願の協力者の一人だった。他にもフランソワ・ドゥ・ヴァロリ、ジャン・フランソワ・ドゥ・マルダンと、同じ使命を帯びて郵便配達夫に変装している元近衛兵が二人いる。テュイルリ宮を脱出するにあたっては、ムスティエがルイ十六世の担当、マルダンが王妃の担当ということになる。

「それは承知しておるが、ここで私と王妃の順番を入れ替えたからといって、なにが、どうなるわけではあるまい。ラ・ファイエットの長居で強《し》いられた遅れを、それで取り戻せるわけではあるまい」

「恐れながら、このままでは迎えの馬車が不安になろうかと。とうに予定の時刻がすぎておりますれば、前後の判断に迷うこともあろうかと」

ルイは懐中時計を覗《のぞ》いた。午後十一時五十二分、なるほど予定の時刻はすぎている。遅くとも十一時半には、全員が馬車に乗っているはずだったのだ。

「ふむ、ない話ではないな」

「加えますに、馬車は絶えず、ぐるぐる界隈《かいわい》を回ることになっております」

王妃が後を受けていた。ええ、カルーゼル広場で速度を弛《ゆる》めて、脱出してきたわたくしたちを拾う算段でございますから、それが拾えず、何度も無駄に往来しているようでは、テュイルリ門前の国民衛兵に怪しまれないともかぎりません。

「ううむ」

なおルイは数秒だけ腕組みした。王妃と脱出の順番を入れ替える。マリー・アントワネットは後から来る。けれど、こちらも担当の護衛マルダンが一緒なのだ。それほど不安視するべき話でもない。

「口論している暇はありませんね」

そうした言葉でルイは決断した。

なお拭《ぬぐ》えない心配なのか、それとも一種の未練なのか、出がけに奥を覗いてみると、白く大きな臀部《でんぶ》がみえた。やはり妻は着替え中だ。もがくような動きで悪戦苦闘しているが、まだ下着も被《かぶ》れていない。

困ったものだと嘆息しながら、それでもマダムの裸をみるのは久しぶりだったと、少し得したような気分もないではなかった。

「ですから、私が先に行きます」

あなたも急がれよ。そう言いおいて、中上階の部屋を出ると、すぐが階段の踊り場だった。それでも、足を踏み違える心配はなかった。

11――脱出

深夜にもかかわらず、あちらこちらに灯火が焚《た》かれていた。自分の足音さえ恐れなければならないほど、静かなわけでもなかった。事前に調べをつけてなお拍子抜けするくらいに、テュイルリ宮は明るく、また騒がしかった。

国民衛兵が歩哨《ほしょう》巡回しているだけではない。警備が六百人に増員されたからと、同じ割合で仕事が増えたわけではないので、大半が手持ち無沙汰《ぶさた》になっていた。これが持ちこみの布団を勝手に廊下に並べながら、ぐうぐう高鼾《たかいびき》なのである。寝られないからと、酒盛りに興じる輩《やから》も少なくない。いや、素面《しらふ》でお喋《しゃべ》りに興じるだけの衛兵もないではないが、やはり仲間の軍服ならざる地味な執事の風体を、厳しく見《み》咎《とが》めるわけではなかった。

――だから、就寝の儀を終えたばかりなのだ。

物見高いパリの人々が群れて、ゆるゆる家路に就こうというところだった。そろそろ列を作りながら、玄関まで流れていくわけで、これに紛れるのは簡単だった。国民衛兵と何度か目が合い、そのたびルイは心臓をつかまれる思いだったが、緊張に襲われるのはこちらばかりで、やはり向こうは頓着《とんちゃく》もしなかった。

――そんなにまで、執事の変装が板についているのか。

運命の脱出劇を決行しているはずなのに、ルイは悠長にも複雑な思いに駆られたほどだった。というのも、国民衛兵六百人と謳《うた》いながら、部屋を抜け出してきたフランス王ルイ十六世を、誰ひとり見破れるものはないというのか。

あるいは一人ぐらいは目利きもあるかと、なお油断せずに顔を伏せ気味にしたのだが、とうとう尋問ひとつされずに宮殿中央、大時計棟の玄関まで到着した。

――なんと杜撰《ずさん》な警備だろうか。

私はフランス王なのだぞ。誰より先に気づかれるべき人間なのだぞ。考え違いの不満まで零《こぼ》しかけて、ルイは自信を取り戻した。いや、さすがは私だというべきか。

やはり読みは正しかった。決行を決断したのは間違いでなかった。プロヴァンス伯が恐れる以前に、警備の人員が増やされた時点で側近たちの間にも、計画は断念しようとの意見がないではなかった。が、そこが逆に狙《ねら》い目なのだと、虚を衝《つ》く格好になるのだと、強引に押しきったのは誰でもない、この私、フランス王ルイ十六世なのだ。

外に出ても、むっと籠《こも》るような空気は同じだった。玄関を出たところの車寄せも、見物人の馬車で一杯になっていた。これに乗りこもうとする輩で混み合い、乗りこませて家路に急ごうとする馬車で渋滞が起き、そんなこんなの大騒ぎで、やはり警備に気づかれないようにするくらいは造作もなかった。

――でなくとも、仕込みは上々なのだ。

ルイは手にしていた杖《つえ》を、大袈裟《おおげさ》な仕種《しぐさ》で地面に立てた。

側近のひとりに背格好が似ているコワニーという男がいた。このコワニーに灰色の鬘《かつら》と深緑の上着という同じ執事の変装をさせたうえで、実は数日というもの、十一時すぎの玄関前を大袈裟な杖遣いで、よたよた歩かせていた。就寝の儀の見物にテュイルリに通い詰める物好きな小ブルジョワ、自前の馬車を持てる余裕はなくて、息子なのか、娘婿なのか、いつも大柄な郵便配達夫に付き添われているという役どころだ。

前庭を歩いて抜けて、乗り合い馬車が通りかかるカルーゼル広場まで辿《たど》りつかなければならないが、かえって混み合う馬車を尻目にできるので、いつも悠々と家路につく。そんな演技を繰り返させて、ちょっとした馴染《なじみ》の光景にしていたものだから、その中身がルイと護衛のムスティエに入れ替わったところで、特に気にする国民衛兵もいなくなっていたのだ。

それでも前庭を抜けるまでは、どきどき心臓が暴れて仕方なかった。鉄柵《てっさく》の向こうのカルーゼル広場が覗《のぞ》く段になると、思わず小走りになったほどだ。とはいえ、もう構うものか。乗り合い馬車を逃したくないと、そうみえるだろうからだ。ああ、とうに停車しているからには、いつ出発されるか知れたものではないではないか。

いかにもという感じの粗末な幌馬車《ほろばしゃ》に飛び乗るとき、ルイは勢いで車輪に膝《ひざ》を打ちつけてしまった。それほど慌てていたということだろうが、意外に痛みは感じなかった。

「ああ、兄上さまも御無事で」

迎えてくれたのは、王妹エリザベートだった。ああ、そなたも無事であったのか。小声で応《こた》えて、さらに目を走らせると、幌の奥ではトゥールゼル夫人に守られながら、二人の子供たちも再びの寝息を聞かせていた。

まずは脱出成功だった。こうなれば、悪臭ふんぷんたるパリの空気も清々《すがすが》しい。ルイは久方ぶりに胸いっぱいに吸いこんだ。

「はん、ラ・ファイエット侯爵には御忠告さしあげるよ。ひとの心配をする前に、だから、貴公は御自分の部下の心配をしたまえよ」

不意の興奮に捕われながら、そうやって気を吐くも束《つか》の間《ま》の話だった。

午前零時二十二分、馬車は界隈《かいわい》を一巡りして、再びカルーゼル広場に停車した。幌の陰から覗くようにしながら、ルイは未練などあるはずもないテュイルリ宮から、なお目を逸《そ》らすことができなかった。

南北に棟を連ねるテュイルリ宮は、前庭もセーヌ河に近い南側のフロール棟に「親王の庭」、中央の大時計棟に「王の庭」、北側のマルサン棟に「スイス衛兵の庭」と三分されていた。カルーゼル広場に面して、鉄柵で仕切られているのは「王の庭」で、ここに車寄せも設けられている。先刻ルイが小走りに抜けたのも、ここだ。就寝の儀を見物に来た人々で混雑していたのも、ここだ。

——それが、ずいぶん空《す》いてきている。

皆が家路についた後ということである。テュイルリ宮は依然として明るく、また騒がしいままだったが、それも今では専《もっぱ》ら国民衛兵の仕業《しわざ》だというのである。なお褒められた勤めぶりではなかったが、といって泥酔でもしていないかぎり、目につくものを見落としたりはしないだろう。

——例えば、こんな夜更けに女が早歩きするとなると……。

王妃マリー・アントワネットが、まだ来ていなかった。が、今にして、のこのこ出てくるとなると、たとえ変装していても、怪しまれないという保証はない。あるいは止められ、厳しく住所を問い質《ただ》され、または顔を確かめられるかもしれない。

——だから、急ぎなさいという。

ルイは王妃より先に出たことを、今にして後悔した。順番を入れ替えるべきではなかった。あくまで自分が後に構えて、早く、早くと急《せ》かしてやるべきだった。なんとなれば、文字通りの姫様育ちというのか、マリー・アントワネットは他人がやることには短気なくせに、自分がやることには妙に呑気《のんき》なところがあるのだ。

――本当に気を揉《も》まされる。

そう小さく呟《つぶや》いてから、ルイは苦笑に流れた。苛々《いらいら》しても仕方がない。もとより家族連れなのだ。心得た家来を引き連れ、ひとり狩りに出かけるのとは訳が違うのだ。

――気を揉むのが嫌ならば……。

それこそ私が単騎で脱出すればよかった。そうやって、自分を宥《なだ》めるつもりしかなかった言葉が、意外なほど重かった。

実際のところ、政治的な英断としての亡命ならば、まさに単騎で駆けるべきだった。それなら身軽な男ばかりだ。荷物も減らすことができる。馬車を使う必要さえない。駿馬《しゅんめ》を御して、ひたすら道を疾駆すればよいだけだ。

家族連れと比べるならば、成功する確率も飛躍的に高くなるはずだった。捲土重来《けんどちょうらい》を期するにも、国王ひとりいれば足りる。政治亡命を試みるというならば、どこの誰が考えても、ルイが一人でパリを抜け出すべきだったのだ。

「ですから、単騎で脱出なさいませ」

そう王妃は勧めるだろうかと、ルイは考えてみたことがある。

事実をいえば、マリー・アントワネットはなにもいわなかった。子供たちも一緒にと、そもそも王妃のほうが進めたがった話であり、それに従う分には家族連れの旅にしかなりえない。が、やはり、それでは政治の算が立たない。ここは私ひとりを亡命させてほしい。そう持ちかけることだって、ルイにはできたはずなのだ。

——いや、そんな薄情はできない。

呻《うめ》きながら、結局ルイは思い留《とど》めた。ああ、残された者はひどいのだ。国王に裏切られたと騒ぎながら、人々は怒りの矛先をパリに残る王族へと向けるのだ。

土台が、マリー・アントワネットの世評は芳《かんば》しくなかった。不本意な誤解を押しつけられたまま、今般のフランスが被《こうむ》る不幸の元凶のような言われ方をすることさえある。そんな妻を残していくわけにはいかない。でなくとも、私たちは家族じゃないか。離れ離れになることなんか、できるわけがないじゃないか。

「いえ、どうぞ、陛下のお考えのままに」

単騎で脱出なさいませ。ええ、それが政治の常道というものです。そんな風に王妃に応えられたら、どうしよう。残される苦しみは承知しているはずなのに、さらりと受け流して、どうぞと喜色まで浮かべられた日には全体どうしよう。かかる想像に襲われるや、とたんにルイは怖くなった。単騎脱出の話など持ちかけられなかった、なにも聞くことができなかったというのも、本音をいえば怖かったからなのだ。

——なんとなれば、これで虜囚の身さえ自由と、私が留守にしている間に……。

ぶんぶんと、ルイは頭を左右にふった。我に返れば、自分は責められるべきでさえあった。ああ、そんなことを考えている場合か。王妃のテュイルリ脱出が、ここまで遅れているときに、あえて思い出すような話か。ああ、案ずるべきは他にあるのだ。

——もしや失敗してしまったのか。

午前零時三十一分、ルイは懐中時計を確かめるほど、呻かないではいられなかった。やはり、遅い。マリー・アントワネットは、どう考えても遅い。

——やはり途中で捕えられてしまったのか。

待てよ、とルイは踏み留まった。あるいは歩哨の巡回と鉢合わせしそうになって、物陰に隠れているだけかもしれない。足音が遠ざかるのを待って、それから脱出にかかろうというのかもしれない。ああ、就寝の儀を見物に来た人々で混み合っているわけでなし、そのくらいの工夫は強《し》いられざるをえまい。

——それにしても遅い。

たとえ王妃が無事であっても、これは拙《まず》い。テュイルリ脱出の段階で、これだけ大きな遅れが出るのでは、あとあとになって全体の計画に支障を来《きた》さないともかぎらない。

「王妃は、まだみえないかね」

と、ルイは御者に話しかけた。

12──御者

「ええ、まだです」

そう答えた男は、冴《さ》えない黒服で御者台に座り、実際に手綱《たづな》も握っていた。が、みる人がみれば、一目瞭然《いちもくりようぜん》に身分の高い男だった。

骨格からして違うような大柄な体軀《たいく》といい、黒帽の裾《すそ》から零《こぼ》れる金色の髪といい、ただ居るだけで異国の出自を仄《ほの》めかす男でもあるが、そのこと以上に総身から滲《にじ》み出る品格が、変装を反故《ほご》にするほど高いのだ。

──スウェーデン貴族、ハンス・アクセル・フォン・フェルセン伯爵、か。

異国の名家の御曹司《おんぞうし》は、外交筋の伝《つて》でヴェルサイユに出入りを始めた若者の一人だった。この一年ほどは親しく遇して、今やフランス王ルイ十六世の腹心の感さえないではない。とはいえ、ルイ本人には別して召し上げたつもりがなかった。こちらの印象をいうならば、ほとんど押しかけの勢いで、向こうから奉公を申し出てきた。

──それも私にというのでなく、マリー・アントワネットのほうに……。

無表情で気づかぬふりが得意なルイとて、耳にしていないわけではなかった。そもそもがフェルセンは、王妃の愛人ではないかと噂《うわさ》された男だった。

──なるほど、献身的ではあるな。

革命が始まるや、ポリニャック伯爵夫人を筆頭とする王妃の取り巻きたちが、さっさと国外逃亡してしまうなか、かえってフランスに乗りこんで、フェルセンは自《みずか》ら協力を申し出た。労を厭《いと》わず、パリと国境の間を何度となく往復し、手元不如意となれば私財までなげうちながら、まさに粉骨砕身の働きぶりなのだ。

──無償の愛で貴婦人に仕える誠実な騎士、か。

はん、とルイには冷笑したい気分がある。はん、なんとも古風な物語だよ。あまりにも浪漫的《ロマンてき》だよ。ところが、そのままの笑いで突き放すことができないのは、また疑問も避けられないからだった。つまりは愛人といった場合、どういう愛人だったのかと。

──専《もっぱ》ら精神的な愛なのか。

その種の感情をルイは否定したくなかった。ああ、専ら精神的な愛はある。少なくとも私には身に覚えがある。このフェルセンにも同じ感情があると思いたい。そのこと以上にマリー・アントワネットを信じたい。

──というのも、あなたは私の妻ではないか。

それもフランスの王妃ではないか。そう確かめる以前にルイは信じたかった。次の国王を産むべき王妃が、他の男と精神的な関係以外を結べるはずがない。オーストリアの名君マリア・テレジア女帝の娘ともあろう女が、そんな軽はずみな真似《まね》をするわけがない。

——しかし……。

男と女の話である。しかも、どちらも大人なのである。精神的な愛などと、そんな御《お》伽噺《とぎばなし》で終わるはずがない。仮に終わっていたとすれば、その程度の感情でフェルセンが、この急場に駆けつけるとも思われない。なんとなれば、互いに肌を合わせることで育《はぐく》まれる情愛の深さ、激しさというものにも、ルイは無頓着《むとんちゃく》ではないのである。

——やはり、この二人は……。

かっと身体《からだ》が熱くなった。肉体の関係にあるのだと思えば、堪えがたいばかりの屈辱感が噴き上げる。私のことを二人で馬鹿にしているのか、とも問いつめたくなる。なんとなれば、この逃亡計画を立てた中心人物こそ、フェルセンなのだ。間男の手助けで窮地を脱しようとしているならば、これほど哀れな寝取られ亭主もないではないか。

マリー・アントワネットの厚顔にも程がある。それにもまして同じ男であるならば、フェルセンの無頓着は男の値打ちもないくらいの無礼である。悶々《もんもん》として内に言葉を続けるうちに、ルイは不意の殺意にさえ駆られた。御者席に座る男。こちらに背を向けたまま、遅い、遅いと闇夜《やみよ》に情婦の影を探し続けるドン・ファン。この金髪の美男を、今なら殺せる。短刀ひとつあれば、気づかれない死角から、ぶすとフェルセンの背中を一突きにしてやれる。

――ああ、おまえがいるから、いちいち私は苦しまなければならないのだ。

本音をいえば、亡命などしたくなかった。

かるミラボーの意見に完全に賛成していたルイだったが、この敏腕家が死んでしまうや、たりするべきではない。常に堂々として、フランスに君臨していなければならない。ああ、フランス王たるもの、こそこそ逃げ思いを貫くことができなくなった。ミラボーがいないのなら、もうフランスにはいられない、陛下が御同意くださらないなら、わたくしと子供たちだけでも逃げさせていただきますと、マリー・アントワネットが譲らなくなったからだ。

「勝手にしなさい」

とは、いえなかった。ひとりパリに残される分には構わない。王妃、王子、王女の逃亡を耳にすれば、パリの人々は激怒するに違いなかったが、それもアルトワ伯のときと同じ、アデライード、ヴィクトワールの二人の叔母《おば》のときと同じで、危機的な話にはならない。政治的に重要なのは、つまるところフランス王の身柄ひとつなのであり、自分さえ留《とど》まればよいのだと、そこまでルイは自覚していた。辛抱強い性格の自分であれば、民衆の非難にも、権力者どもの迫害にも堪えられると、そういった自信もあった。

――けれど、マリー・アントワネットを発《た》たせるわけにはいかないのだ。

きっとフェルセンと一緒だからだ。私のことなど忘れてしまうに違いないからだ。同じパリに残されるも、馬鹿な寝取られ亭主と笑われていることには、どうでも堪えることができないのだ。

そのことを思えば、もうルイには逃亡計画に加担するより他の選択肢はなかった。

――だから、全部おまえのせいだ。

どろどろと粘りつく感情の虜《とりこ》にされながら、かたわらルイの頭蓋《ずがい》には冷静に働く部分もあった。すなわち、ここで大きな声を張り上げたら、一体どういうことになるだろうかと。

「警備の国民衛兵諸君、朕《ちん》はフランス王ルイ十六世である。ここに家族も一緒にいる。この御者に扮《ふん》した男に誘拐されかかっているのだ。反革命の輩《やから》に違いないと思われる」

どうか、助けてくれと叫べば、どういうことになるだろうか。想像するほど、ルイは笑みを誘われた。フェルセンが逮捕連行されていく。議会は厳しい処断をするだろう。かたわらで私たちは誘拐事件の被害者であるにすぎない。しかも私は反徒の油断を衝《つ》いて、なお革命を守ろうとした英明の君主ということになる。

――ああ、悪くない。

どのみち、マリー・アントワネットは来ないことだし、いっそ……。そう心を決めて、大声を出すための大きな息を吸いこんだときだった。

「ああ、おみえになりました」

フェルセンが声を殺して告げてきた。ハッとしてみやると、大柄な護衛に手を引かれながら、顔にヴェールをかけた女が近づいてきた。ああ、確かにマリー・アントワネットだ。顔はみえなくとも、腰のあたりの肉のつきかたでわかる。自分の妻なのだから、そういう見分けもつけられる。

――しかし、どうしてフェルセンまでが、わかるのだ。

問いかけを無理にも呑《の》んだせいか、かわりに飛び出した声は責めるような調子になった。

「遅かったではないか」

申し訳ございません、と王妃は答えた。素直に謝られれば、やはり気まずい。要するに妻に八つ当たりしたのだ。それは最低の男がすることだ。

勝手といえば勝手ながら、ルイは落ちこんだ。気づいたか気づかないか、マリー・アントワネットは自分で話を先に進めた。

「少し道に迷いまして」

「申し訳ございませんでした」

そう謝罪で続いた元近衛兵《このえへい》マルダンの弁解によれば、見物の人々が退《ひ》けたあとのテュイルリ宮は、やはり歩きにくかったという。なんとか玄関まで下りるも、そこに配置されている国民衛兵は、勤務態度は別としても人数だけは多かった。いくら「王の庭」が間近でも、ちょっと飛び出していける雰囲気ではなかった。そこで急遽《きゅうきょ》予定を変更して、二人はマルサン棟に向かい、「スイス衛兵の庭」のほうに出たという。

「スイス衛兵の庭」は、本来の近衛隊が詰めているべき宿舎が並ぶ場所だった。兵隊というならば、非番の夜には街にも繰り出す。そこからはレシェル通り、サン・トノレ通りと直《じか》に抜けることもできた。まんまとテュイルリの外へ出れば、あとはカルーゼル広場に向かうだけだったのだが、そこから二人はパリの街を迷子になったようなのだ。

「ヴェルサイユ勤務が長かったもので、こちらの地理には不案内でした」

と、それが護衛マルダンの理屈だった。夜ともなれば大袈裟《おおげさ》でなく右も左もわからない有様で、カルーゼル広場に抜けるつもりが、どういうわけだかセーヌ河の橋を渡ってしまったと。左岸でバック通りまで進んでから間違いに気づき、大急ぎで引き返してきたのだと。

「まったく、地図ひとつ読めないのかね」

地図を読めば、わかるだろう、パリの道路くらい。憤然たるルイに応《こた》えたのは、またもマリー・アントワネットだった。いえ、陛下、この者も恐らくは、気が動顚《どうてん》してしまったのだと思います。そう申し上げますわたくしにしても、ほとんど生きた心地もしませんでしたから。

「ええ、テュイルリを出たところで、ラ・ファイエットの馬車に鉢合わせしたものですから」

「なんと。それで、どうした」

「とっさに身体を低くして、なんとかやりすごしましたわ」

馬車の角灯《かくとう》というのは、意外と低いところを照らさないものですのね。そう続けて、マリー・アントワネットは常にないくらいに落ち着いていた。聞かされたほうが肝を冷やすくらいの窮地を脱してきたというのに、その微笑は楽しげでさえあった。

さあ、馬車へ、お急ぎになられてと、フェルセンが手を差し出していた。

「ああ、急ごう、急ごう、だいぶ遅れてしまったぞ」

午前零時四十四分、本当に遅れてしまった。どんなに自分で制しても、やはりというか、こちらのルイは不機嫌な声にならざるをえなかった。

13——迷子

感情を軽々しく表に出さない。それがルイの自慢のひとつだった。が、その夜、それからしばらくばかりは我ながら解《げ》せないくらい、相手を咎《とが》める気持ちが声に出た。

——本当に地図ひとつ読めないのかね。

諸君らときたら、それで男といえるのかね。そう皮肉まで加えて繰り返したというのは、パリの地理に暗いのは、王妃の護衛マルダンだけではなかったからだ。

幌馬車《ほろばしゃ》の御者を務めるフェルセンもまた、パリ市中で道に迷った。土台が外国人であり、フランスで詳しいのは専《もっぱ》らヴェルサイユばかりなのだ。

「いや、パリも初めてというわけではないのですが、夜は勝手が違うというより、今宵《こよい》は月も出ていませんし……」

わざわざ弁明されるまでもないと、変わらずルイに受けつける気分は皆無である。ああ、もちろん初めてではないだろう。それどころか、パリには度々来ていただろう。大方が遊びで訪れるからには、それも夜だったろう。が、そんなときは伯爵の位を誇る貴族なのだ。従僕に行き先を告げたきり、あとは車室で連れとお喋《しゃべ》りするのが専門だったに違いない。少なくとも自分で御するなどしなかったに違いない。

──それが証拠に、なんと運転の下手《へた》なことよ。

石畳の凹凸《おうとつ》も読まないので、がたがた車体が常に上下に揺れている。車幅の感覚、内輪差の感覚が身についていないので、曲がり角に差し掛かるたび、路傍に聳《そび》える建物に車輪の枠金を擦《こす》る。止《と》めが、馬の気持ちが少しもわかっていないと来る。

乗せられるほうは尻が痛い。怖くて椅子《いす》にしがみつかずにいられない。僥倖《ぎょうこう》で車酔いだけはしないで済むが、もちろん決して快適なわけではない。

──こんな不愉快を女や子供に強《し》いて、それで男といえるのかね。

と、ルイは心に繰り返した。同時に自尊心も膨らんでいた。なんとなれば、こちらは馬車の運転が大の得意なのだ。

フェルセンにまして、御者がつかないことのない生まれつきだが、ルイの場合は自分で運転を好んだ。ヴェルサイユの森で乗り回しているうちに、自然と玄人《くろうと》はだしの腕前になっていた。さらに覚えがあるのが狩猟で鍛えた乗馬の腕前で、手綱捌《たづなさば》きの熟達もさることながら、我ながら不思議なくらいに馬の気持ちが読めるので、まさに人馬一体になれる。

――ああ、私なら自信があるのだ。

勢い、ルイには普段から、乗馬の苦手、馬車の下手という手合いを見下すようなところがあった。

同じように男子の沽券《こけん》に関わる話だろうと思うのが、方向感覚の有無だった。森であれ、田園であれ、それが混み合う大都会であったとしても、迷子になるというような体《てい》たらくだけは、恥ずかしくて恥ずかしくて、とてもじゃないが演じられない。

――それがフェルセンときたら、どうだ。

先達《せんだつ》たるべき男は告げていた。全員がテュイルリ宮を脱出したからには、取り急ぎ向かうべきは、パリの北に抜けるクリシー通りであると。

言葉通りに先を急ぎ、カルーゼル広場からサン・トノレ通りに出て、それからルイ・ル・グラン広場を抜けてと、そのへんまでは手綱捌きにも迷いがなかった。が、テュイルリの界隈《かいわい》をすぎてしまうや、馬車の歩みが速くなったり遅くなったり。なんなのだろうと御者台の様子を窺《うかが》うと、おや、またオペラ座に出てしまった、あれ、ここは証券取引所だと、隣に座る護衛のムスティエを相手に、ぶつぶつやり始めたではないか。

角灯《かくとう》を掲げながら、二人で額を突き合わせ、睨《にら》みつける地図を持参してきた分には感心だが、どうして事前に熟読してこないのだろうと、それがルイには不思議でならなかった。

自分なら、そうする。外出するときの常識だとさえ思う。地理に明るくないと、あらかじめの自覚があるなら、いっそう努めて調べてくる。そらでわかるくらいまで、頭に叩《たた》きこんでおく。あるいは血眼《ちまなこ》で凝視しても、土台が地図など読めないということなのか。根からの方向音痴ということなのか。

「どれ、みせたまえ」

ルイは御者台に割りこんだ。実をいえば、地図を読むのも大好きだった。

数学的思考というものは、男であるなら誰しも備えている美点であり、それを駆使しさえすれば、己の頭蓋《ずがい》のなかに座標を設けることくらい造作もない。そう考えて、長く自慢するつもりもなかったのだが、シェルブールの海軍基地に視察に出かけたときに、はじめて特異な能力らしいと気づいた。地図はおろか、海図まで易々《やすやす》と読んでしまうので、提督たちが驚嘆の声を上げたからだ。だから、まあ、私と比べて劣るのは仕方ないとしても、諸君らは一寸《ちょっと》ひどすぎるのじゃないか。

「まずは馬車を停《と》めなさい。いったん東西南北を確かめようではありませんか」

そうやって、フェルセンに手綱を引かせてから、ルイは自分もパリの地図を覗《のぞ》いた。どこがわからないのかと、やはり不思議でならなかった。というのも、地図には昼も夜もないでしょう。ほら、ここが証券取引所なわけです。でしたら、右手に、ほら、テュイルリ宮の屋根が、きちんと覗いてみえるじゃありませんか。

「だったら、次の曲がり角で左に折れてみましょう」

ルイは自《みずか》ら指示を出した。やはりといおうか、それで間違いなかった。馬車の車輪も滞りなく回り続け、いざ実地に試してみると、思いのほかに難しいという話でもなかった。

実際ものの数分でクリシー通りに到着することができた。午前一時十二分、救われたような顔でフェルセンが明かしたところ、イギリス人クロフォードの屋敷に「サリヴァン夫人の自家用」という名目で、もう一台の馬車を預けてあるのだと。

この乗り合い馬車を模した幌馬車では、長旅の用をなさない。といって、いかにも長距離用といった大型ベルリン馬車に、これまた家族旅行といわんばかりの荷物を満載するのでは、人目について、人目について、とてもカルーゼル広場に乗り入れられたものではない。それこそテュイルリ宮の国民衛兵に、咎めてほしいとお願いするようなものだ。群集に阻止されたサン・クルー行きの二の舞になるだけなのだ。

――だから、別に用意したのはよい。

上出来といってよい。ただクリシー通りに到着しても、ベルリン馬車に乗りかえることはできなかった。

すでに一時間以上の遅れが出ていた。フェルセンはベルリン馬車の御者に、予定の時間になったら乗客が到着せずとも出発して、サン・マルタン門を出たところの街道沿いで待てと命じておいたという。であれば、忠実なる御者は馬車を出して、とうにいない。いるはずがない。いるようなら、かえって困る。

「ええ、時間通りに出発したそうです。今頃はシャロン街道で私たちを待っていることでしょう」

嬉々《きき》として寄せられた、それがフェルセンの報告だった。が、幌馬車のルイは首を傾《かし》げないではいられなかった。それを確認しただけなのかと。どうでも確認しなければならなかったのかと。とうに明かりが落ちている深夜のクロフォード館に問い合わせてまで……。寝ていた者が起きてくるのを待ちながら、ぐずぐず時間を無駄にしてまで……。

――なによりも、わざわざクリシー通りに寄り道してまで……。

待ち合わせのサン・マルタン門は、パリの北か南かと問われれば、同じく北だと答えられるとはいえ、クリシー通りから向かうなら、いくらか東に走らなければならなかった。迷子になったあげくの話とはいえ、テュイルリ宮から東に位置する証券取引所まで出たのだ。そのままサン・マルタン門に直行してもよかった。わざわざ西に馬首を返して、クリシー通りに向かうことはなかった。少なくとも、高《たか》が確認などのために立ち寄る必要はない。なんとなれば、これは一分一秒を争う危急の企《くわだ》てなのだ。

――ぜんたい、なにを考えているのだ。

午前一時三十八分、それじゃあ、サン・マルタン門に向かいますと宣言して、フェルセンは再び方向を見失う体たらくだった。北を目指してきたのだから、今度は右に折れるに決まっているではないか。そうやって再びの指示を出してやらないと、手綱を操る手つきさえ怪しいばかりだった。

——大丈夫なのか、この男は……。

ルイは小さな疑念を抱《いだ》いた。運転は下手だ。地図は読めない。やることが頓珍漢《とんちんかん》で、意味がわからない。こんな調子で進められて、この逃亡計画は本当に成功するのか。

14――意外な展開

――まあ、今さら仕方がない。

ひとまずルイは様子を見守ることにした。もうテュイルリ宮を脱出しているのだから、今さら引き返すわけにはいかない。細かな段取りは全て任せてあるのだから、今からフェルセンを外すわけにはいかない。

なにより、ここは冷静にならなければと自戒があった。フェルセンには不愉快な先入観があるからだ。そのことで人材としての評価も辛く傾きがちだ。が、そんな風では人を用いる王としては失格なのだ。うん、うん、土台が私と比べては酷というものだろう。ああ、誰もが私と同じに乗物を扱えるわけではない。地図を読めるわけでもなければ、ましてや男らしい合理的発想で、目の前の出来事を捌《さば》いていけるわけでもない。

幌馬車《ほろばしゃ》が抜けていったのは、みすぼらしい小屋が立ち並ぶような、パリでも場末の界隈《かいわい》だった。

もちろん道路は未舗装である。大穴に車輪を取られて、車体が大きく跳ねること三度、ぬかるみに取られて立ち往生すること二度、この月が雲に覆われた闇夜《やみよ》にフェルセンの御者という話であれば、あちらこちら擦《こす》り、またぶつかることは数限りなく、好んで選ぶような道行きだろうかと、またしてもルイは首を傾《かし》げざるをえなかった。それでも怒り出さないのだから、我ながら気の長いことには感心させられるよ。そんな皮肉を心に回すだけの余裕もなくなり、すんでに声を荒らげそうになったのは他でもない。

午前一時五十六分、いきなり道が明るくなった。行き着いたサン・マルタン門は派手な灯火で飾られていた。

ああ、そうか、とルイは思い出した。一七八九年七月十二日から十四日の、バスティーユ陥落に連なるパリの蜂起《ほうき》で火をかけられ、この楼門でも二階部分が焼け落ちていた。それが最近になって再建されたはよいとして、新たな楼門には派手な照明が設けられた。そうした事情を知るというのは、サン・マルタン門は明るすぎる、気になって眠れやしないと、界隈の住民がパリ市政庁に苦情を寄せたと、そう聞いた覚えがあったからだ。

――それをフェルセン、あなたは耳にもしなかったのか。

いうまでもなく、逃亡を試みる身にとっても、サン・マルタン門の明るさは不都合だった。いくら暗闇の隘路《あいろ》に辟易《へきえき》してきたからといって、これでは明るすぎるのだ。

――どうしてサン・マルタン門なのだ。

こんな馬鹿な話はない。いくらなんでも、ありえない。わざわざ選んだからには、なにか理由があるはずだ。

幌の奥からルイは目を凝らした。あるいは明るすぎる灯火が嫌われて、かえって人が寄らない場所になっているのかもしれない。そう思い返したわけだが、門前には深夜にもかかわらず、ばらばら人影が確かめられた。昼間のようにひしめきあうわけでなく、疎《まば》らは疎らにすぎないのだが、それでも人々が往来している。

「フェルセン伯爵、一体どういうつもりなのです」

声に出そうとして、その言葉をルイは呑《の》まなければならなかった。

いよいよ界隈が騒がしくなってきた。なにか、ある。この深夜に、どう考えても普通ではない。もしや国民衛兵隊が動いたのか。テュイルリの異変に気づいて、各市門に急ぎ非常線を張ったということなのか。

ルイは息を殺して、外の様子を窺《うかが》った。御者台に二枚並んだ板のような、フェルセンとムスティエの背中の狭間《はざま》に覗《のぞ》いたのは、大小の円柱を二層にして重ねたような建物だった。初めてみる建物だが、地図を読んで記憶しているところによれば、たぶんラ・ヴィレットの総徴税請負事務所である。

そこに人々が群れていた。界隈を闊歩《かっぽ》する人影も、ここが出所のようだった。ルイは呼吸を解放した。とりあえず、国民衛兵の軍服はなかった。テュイルリからの追手ではないとして、ならば、この騒ぎはなんなのだろう。

——なにかの集会が行われているのか。

ルイは再び戦慄《せんりつ》した。サン・クルー行きを阻止された、苦い記憶が蘇《よみがえ》ってきた。が、ふうと再び息を抜くことができたのは、世辞にも上手とはいえないながら、少なくとも朗らかではあるヴィオロンの音が聞こえてきたからだった。

——この騒ぎは陽気な質《たち》だ。

夏時分なので庭に食卓を出しながら、人々は呑み、食い、そして歌い、踊りを続けていた。陽気な輪の中央には、一組の若い男女が疲れた笑顔で座っている。ルイがみるところ、総徴税請負人の息子か娘か、いずれにせよ昼間に婚礼があり、その祝いの宴が続けられていたようだった。

ルイは幌の奥に下がった。馬車がシャロン街道に進んでも、誰が止めにかかるでもなかった。御者台には呂律《ろれつ》の回らない言葉で、なにやら話しかけられたようだったが、それも護衛のムスティエが気を利かせ、御祝儀だと銀貨を一枚差し出すと、それで大人しく引き揚げた。

——こういうことか。

怒鳴らなくてよかったと、ルイは別な意味でも安堵《あんど》の息を吐いた。ああ、軽々しく感情を露《あらわ》にしては、王の品位を損ねてしまうところだった。それも臣下の意図を見抜けない早とちりで、声を荒らげてしまったとなれば、すんでに滑稽《こっけい》なばかりになる。ああ、そうか、テュイルリもそうだった。人がいるほうが、かえって逃げやすいのだ。

――サン・マルタン門ならば、婚礼の浮かれ騒ぎに乗じられるというわけか。

黒々とした闇に覆われ、あたりに人影ひとつなかったとしても、他の門なら夜警が寝ずの番をしている。旅券は提示しなければならないし、人数を検《あらた》められないともかぎらない。こんな深夜に旅立つのかと詰問され、あるいは不審がられて、通過を許可されないかもしれない。

同じように本来は厳格たるべき規律が、サン・マルタン門だけは乱れていたのだ。良縁を喜ぶ総徴税請負人の大盤ぶるまいで、誰彼となく陽気な酔漢になっていたのだ。

――さすがはフェルセン。

きちんと調べ上げていたか。やはり只者《ただもの》ではなかったか。その実力を認めるほどに、また別な感情が動き出して、胃袋の底あたりを重くしないでもなかった。が、これは堪えなければなるまいと覚悟しかけた矢先だっただけに、ルイは驚かないではいられなかった。御者台から幌のなかを覗きながら、フェルセンが口走ったではないか。

「宴会が行われていたなんて、幸運でした」

あれは婚礼の宴でしょう。ええ、確かに神は祝福してくださされたようですね。立憲派などではなく、我々に味方しているようですね。フェルセンの下手な冗談には、形ばかりの笑みさえ浮かべられなかった。

それは自分だけではなかったろう、とルイは思う。その言葉を聞いた全員が、同じ思いを抱いただろう。二人の子供は寝ていたが、それを守るトゥールゼル夫人も、王妹エリザベートも、王妃マリー・アントワネットも、護衛のムスティエとマルダンまでが押し黙るままだというのが、なによりの証拠だ。

——まさに呆《あき》れて、ものがいえない。

サン・マルタン門の婚礼は事前に調べ上げたものでなく、単なる偶然にすぎなかったようだった。サン・マルタン門でなければならない理由もなかったことになる。ただシャロン街道に通じるからと、短絡的な都合を優先させただけなのかもしれない。それこそ神が味方してくれなかったら、煌々《こうこう》たる明るさに隠れる術《すべ》もないままに制止させられ、そのまま馬車は通行を許可されなかったかもしれない。

街道を進むにつれて遠ざかる、楼門二階に連なる灯火の橙《だいだい》色《いろ》を眺めながら、今さらながらルイは身震いを禁じえなかった。

——……まあ、よい。

よくはないが、今は結果重畳《ちょうじょう》ということで、よいとしなければならない。ルイは努めて自分を宥《なだ》めた。とにもかくにも、もうパリ市壁の外なのだ。この忌々《いまいま》しい街からは逃れられたのだ。あとは田舎道《いなかみち》をひた走ればよいだけだ。

実際のところ、もう空気が違っていた。大都会に特有の、むっと籠《こも》る感じがなくなって、なにより鼻を衝《つ》く臭さがない。草の香ばかりを孕《はら》むや、風になって吹き抜けて、それが頬《ほお》を撫《な》でていく爽《さわ》やかな感触ときたら、他に比べられるものもない。

——その風まで、あえなく止まるか。

午前二時八分、不意に馬車が停止した。ルイは御者台の会話に聞き耳を立てずにはいられなかった。ああ、またフェルセンが、ぶつぶつと始めている。あれ、おかしい。どういうことだ、おかしいぞ。

「今度は、なにかね」

ルイは御者台に質《ただ》した。今度はと言葉に出して、すでに苛々《いらいら》しているのだと仄《ほの》めかしてしまったかなと後悔しながら、それでも取り消そうとまでは思わなかった。

「というのも、まさか今度は待ち合わせのベルリン馬車がいないと、そう嘆き始めるのじゃないだろうね」

「…………」

答えがなかった。やはり、ベルリン馬車がみあたらないようだった。

15――闇夜

「あたりを探してみます」

フェルセンが御者台を降りた。たたたと駆け足の音ばかりは、しばらく続いて聞こえたが、その大きな背中はといえば、あれよという間にみえなくなった。いよいよ足音が遠ざかれば、どこで、なにをしているのか、皆目わからなくなってしまう。

ルイは自分も馬車を降りた。ああ、陛下、お靴が汚れてしまいます。そういってムスティエが慌てたが、もとより泥など気にしている場合ではない。

月は雲に呑《の》まれたままで、本当の闇夜《やみよ》だった。目が通るのは幌馬車《ほろばしゃ》の灯火が及ぶ、ほんの数ピエ（一ピエは約三十二センチメートル）の範囲ばかりで、その外側に出てしまうと、まさしく自分の手もみえない。

――この暗闇では埒《らち》が明かない。

ルイは憤然と腕組みした。

まさかと驚くような話ではなかった。都会ならぬ田舎《いなか》といえば、こんなものだ。村落の家々に灯が確かめられるとすれば、それこそ異常事態の証《あかし》であり、逃れの王を追跡せよと命令が下されたのかと、先読みして戦慄《せんりつ》しなければならないほどだ。

――であれば、どうして街道筋などで落ち合わなければならないのか。

わざわざクリシー通りに寄るのであれば、そこでベルリン馬車に乗り換えればよかった。今にして、またぞろ首を傾《かし》げるに、予定の時刻がすぎたら出発しろと、そんな命令を出した意味からわからない。仮になんらか意味があるとして、それを忠実に実行されればされたで、こうして闇夜の待ち合わせにならざるをえないのだ。

――そのへん、なにか工夫がなかったのか、フェルセンという男は……。

どうしようもなくて、やむなく馬車まで戻ると、その灯火でルイは再び懐中時計を確かめた。

午前二時二十八分、すでに二時間以上も遅れている。机上の計算通りに運べとはいわないながら、まだまだ許容の範囲と鷹揚《おうよう》に構えられるわけでもない。これ以上の停滞は計画全体に致命的な影響を与えかねない。

――問題はフェルセンだな。

ここで切り捨ててしまうか。ルイは、そうまで考え始めた。感情的になっているわけではない。だから、現実を踏まえて、きちんと考えるのだ。

ベルリン馬車を探しにいくといったきり、その男は戻らない。手持ち無沙汰《ぶさた》であれば、考える時間がないではなかった。ああ、フェルセンなど暗闇の野原に置きざりにして、我々だけで旅を続行してしまおうか。

ルイは幌馬車の車輪、車軸と確かめ始めた。やはりパリ市内を走る乗り合い馬車でしかない。控えているのが、全行程で優に五十リュー（約二百キロメートル）を超える長旅であれば、やはり厳しいといわざるをえない。確かな御者が運転を買って出たとしても、道中の揺れ方は堪えがたいほどになるだろう。

乗り合わせるのが女子供ばかりであることを考えれば、なおのこと気が進む話ではなかった。荷物のほうは、すでにベルリン馬車に積みこんでいる事情もある。とはいえ、あれやこれやの不都合を鑑《かんが》みても、やってやれないわけではなかった。

――むしろ多少の無理なら強行するべき局面か。

こんなこともあろうかと、ルイは多少の現金を持参していた。それは脱出を試みたのであるから、じゃらじゃら音が鳴るほどの金袋は提げられなかったが、それでも金貨銀貨の数枚は隠しに忍ばせられたのであり、これで道中の費《つい》えくらいは賄える。

――あてにして、この幌馬車で走るべきか。

ルイは幌のなかを覗《のぞ》いた。寝息が聞こえて、子供たちは変わらず眠っているようだった。王妃マリー・アントワネット、王妹エリザベート、養育係トゥールゼル夫人という、あとの三人の女たちはといえば、三人とも背筋を正して少しも萎《しお》れる様子がない。疲れていないはずはなかった。女たちを支えているのは、ひとえに極度の緊張なのだとルイは読んだ。が、それなら、かえって好都合かもしれない。その緊張をもってすれば、堪えがたい旅にも堪えられるかもしれない。

緊張が切れたら、意識を失うようにして、眠りこんでもらえばよい。ああ、泣くも、笑うも、二十四時間の話なのだ。きちんと予定の旅程を進めば、明日の今頃はブイエ将軍の保護下なのだ。

――やはり、行くか。

フェルセンなど置きざりにして、行ってしまうか。ルイの気持ちが揺れ始めた。酷な言い方になるが、もうパリを出たからには、どうでも必要な男というわけではなかった。御者なら、次の宿駅で馬と一緒に手配するまで、護衛の誰かにやらせてもよいのだ。いや、それこそ私がやってもよい。馬であれ、馬車であれ、乗物の扱いには覚えがあるのだから、自分で手綱《たづな》を握っても、それまでの話ではないか。

ああ、行くしかない。こんなところで、これ以上の時間を無駄にするわけにはいかない。昼が長い夏至の時分であれば、グズグズしていれば、すぐに夜明けだ。だから、行こうと、幌馬車に告げようとしたときだった。

「陛下」

向こうから呼びかけられた。マリー・アントワネットの声だった。陛下、なにか物音が聞こえてきませんこと。

そう促されて耳を澄ますと、確かに音が近づいていた。おやと思えば、ちらちら赤いものも闇夜に閃《ひらめ》いている。御者台の左右に設けられた馬車の角灯《かくとう》である。ものの数分とかからずに、はっきり馬の蹄《ひづめ》の音と聞き分けられるようにもなる。

他には考えられなかった。

「ええ、フェルセンが戻ったようですわ」

王妃に言葉にされたとき、ルイは得意の無表情に頼るしかなかった。すんでに舌打ちしかけたからだ。

品位を落とすだけと思えば、本当に聞かせてやろうとは思わない。が、舌打ちくらいはされて当然だろうと、なお憤然たる感情は渦巻いた。

「みつかりました。ええ、なんとか探し出しましたよ」

フェルセンのほうは闇夜にも喜色満面とわかる様子だった。なに威張るような話でもあるまい。一語も報いてやることなく、ルイは新しい馬車へと歩を進めた。早速《さっそく》ながら、車輪と車軸を調べにかかることにした。

六頭だてのベルリン馬車は、さすがに大きくみえた。車室の大きさもさることながら、堂々たる印象は車高の高さとも無関係ではなかった。つまりは車輪の径が長く、車軸受けのバネも作動の幅が大きい。

——長旅の乗り心地は、これで保証されたようなものだ。

家族を乗せていくのだから、足回りだけは妥協できないと、それはルイ自《みず》ら《か》が別して出した注文だった。あとは緑色に塗られた車体から、黄色に塗り分けられた車輪から、白羅紗《しろラシャ》の生地が張られた室内から、窓にかけられたタフタ織の幕から、なんら特筆するようなところもない馬車なのだが、足回りだけは当代最高のものを譲れなかったのだ。

——それこそ男のこだわりだよ。

夫であり、父親である者の義務だともいってよい。そう自負あるルイにすれば、ベルリン馬車の到着は素直に嬉《うれ》しいものだった。これだけ見事な一台なのだ。みつからないで終わるよりは、みつかるほうが確かによい。あの頼りない幌馬車で長旅を強行するより、遥《はる》かによい。

——とはいえ、やはり御者なら足りている。

午前二時五十二分、幌馬車の全員がベルリン馬車に乗り換えた。ようやくの再出発だった。ゆったりした座席に体重を預ければ、やはりバネが利いた乗り心地は快適そのものだった。だからこそ、ルイは思案を切り上げられなかったのだ。

——これだけの馬車をフェルセンに預けてよいのか。

事ここにいたっては、ただの御者さえ任せられない気がしてきた。せっかくの名車が思いがけない不行き届きで、あっさり壊されてしまいかねないと、そんなことまで冗談ならざる現実の危惧《きぐ》に思われてくる。

――やはり、フェルセンには任せられない。

やはり、切り捨てるべきだろうか。足手まといになるばかりと見極めて、ここは早いところ厄介払いするべきだろうか。ベルリン馬車での旅が無事に始まっても、ルイは先の考えを放念することができなかった。

――というのも、とことん使えない男ではないか。

意外だった。そう繰り返すほどに、ルイは腹が立ってきた。

16——フェルセン

——許せん。

度重なる失態で何度こたびの計画を危うくされたことかと、冷や汗を拭《ぬぐ》う気持ちからだけではない。激しい怨念《おんねん》として胸奥に渦巻くのは、むしろ騙《だま》されたという怒りと屈辱感だった。

いざ蓋《ふた》を開けてみれば、これだけの粗忽者《そこつもの》である。にもかかわらず、ルイは従前フェルセンをできる男のように考えてきた。今にして思い直せば、なるほど、ひとつの根拠もない話だ。が、立ち居ふるまいも凜々《りり》しい美男は、それだけで有能なようにみえたのだ。いつも自信満々で、なんでもない言動からして、強気を滲《にじ》ませるようなところもあったのだ。

あるいはルイをして、フェルセンを買いかぶらせたというのは、王妃の愛人だという噂《うわさ》を耳にしていたせいかもしれない。

――マリー・アントワネットが心を寄せるほどなのだから、大した男に違いない。

そうルイは知らず思いこんでしまったのだ。

自分の妻と不貞を働いたかもしれないとは思いながら、邪険にしてフランスから追い払うでもなく、といって正対しながら真相を問い質《ただ》すでもなかったのは、フェルセンに対しては軽々しく事を構えられないと、いくらか恐れるところがあったからだ。

それどころか、逃亡を持ちかけられては耳を傾け、果ては立案に乗ることまでしたのだから、どこか引け目を感じていたのかもしれない。同じ男として劣等感を余儀なくされ、ために強くは出られなかったのかもしれない。

――だから、騙されたという。

押しつけられたのは不当な臆病《おくびょう》だ。そう思いつけば、フェルセンを憎まないではおれなかった。ああ、不当だ。間尺に合わない話だ。なんとなれば、その実は優越感しか抱《いだ》きようのない相手ではないか。私のほうが運転が上手《うま》い、地図は読める、計画性が高い、用心にも気が回る、つまりは何倍もできる男ではないか。

ルイは左の掌《てのひら》に、ぱちんと右の拳《こぶし》を当てた。拳骨《げんこつ》で殴るような仕種《しぐさ》は、ほんの真似《まね》としてさえ、生まれて初めてのことだったろう。ああ、それほどまでに業腹《ごうはら》だ。ああ、とんだ食わせ者だった。私まで見事に欺かれて、さんざ振り回されてしまった。容貌《ようぼう》優れる美男であれば、なるほど御婦人方の受けは大層よかろうが、それが有能の証となるわけではない。反対に正視に堪えない醜男《ぶおとこ》でも、できる男はできるのだ。それとこれとは土台が違う話だったのだ。

――いや、案外に違わないのかも……。

とも、ルイは思いついた。醜男でも、できる男はできる。そう打《ぶ》ち上げて、一番に思い出されたのが、かのミラボー伯爵だった。あのあばた面の怪物は仕事ができた。のみか、女にも困らない大した艶福家《えんぷくか》だったと聞く。ああ、できる男はもてるのだ。

――してみると、フェルセンは……。

本当に、もてるのか。美男、美男と騒ぐが、その中身はといえば、これだけ粗末な男なのだ。御婦人方とて馬鹿ではない。男の優劣を見極められないほど、愚かな生き物ではない。その厳しい御眼鏡《おめがね》を向けられたとき、フェルセンなど歯牙《しが》にもかけられるわけがない。憤《いきどお》りの言葉を連ねたあげくにルイが見出《みいだ》したのは、つまりは一条の希望の光だった。

――王妃の愛人であるなどと……。

もしや根も葉もない噂にすぎないかもしれない。フェルセンが夢中で恋い焦がれたと、そういう話はありうるとして、少なくともマリー・アントワネットのほうは相手にしなかったかもしれない。こたびの逃亡計画にしても、現下の不愉快から逃れたい、一刻も早く逃れたいと切に欲していればこそ容《い》れたのであって、さもなくば曖昧《あいまい》な笑顔で聞き流していたかもしれない。

――それなのに私ときたら……。

午前三時八分、ベルリン馬車は四半《しはん》時間ほどの疾走で停車した。いっそう夜の闇《やみ》が濃くなり、この初夏に寒さのような気配さえ感じたのは、道が森陰にかかっていたからだった。

不測の事態が起きたわけではない。それは停車が予定されていたボンディの宿駅だった。こちらの角灯《かくとう》を確認したか、早速近づいてくる蹄《ひづめ》の音があった。

「手前、フランソワ・ドゥ・ヴァロリと申す者、フランスの宝を運びし馬車はこちらか」

協力を志願してくれたという元近衛兵《このえへい》、ムスティエ、マルダンに続く三人目の護衛が待機するというのも、また正しく予定の通りである。

ヴァロリは自分が跨《また》がる馬を含め、全部で十頭を用意していた。たっぷりの水と飼葉を与えられて、いずれも元気いっぱいの馬である。

初めての馬替えが急がれた。六頭をベルリン馬車の曳《ひ》き馬と替え、あとの四頭のうち二頭はクレイで落ち合う予定のブリュニエ夫人とヌフヴィル夫人のため、その二輪馬車の替え馬として引いていく。ボンディもそうだが、クレイにしても宿駅が置かれているとはいえ、そのものは朝まで開きやしないのだ。

残り二頭はヴァロリとマルダンの騎乗に供される。ムスティエは引き続き御者台となる。

三人の護衛が馬替えの作業を急いだ。その時間を利用して、ルイはひとり馬車を降りた。

「どうしたのですか、陛下」

王妃が背中から聞いてきたが、ルイは誤魔化《ごまか》し加減の返事で済ませた。いや、大したことではありません。ええ、マダム、本当に心配いりません。

「フェルセン伯爵、よろしいか」

直後に御者台にかけた声は、自分でも意外なくらいに冷たく響いた。構うものかと、そのまま二歩、三歩と馬車を離れてから振り返ると、なにかを察したらしく、さすがのフェルセンも緊張顔になっていた。

――つまりは恐れている。

この私を恐れているのだ。そう胸に確信が生まれるほどに興奮して、もうルイは思いつきを止められなかった。

「御役目ごくろうでありました」

「陛下、それは……」

「ここで別れましょう。貴殿には別にベルギーを目指してほしい。できうるならば、あちらのプロヴァンス伯と合流してほしい」

「私たちなら大丈夫です。ええ、なにも心配いりません」

「しかし、陛下の御一行は」

「しかし、小生が同道しないとなると……」

「この先の旅程なら聞いております」

「しかし、計画を立てたのは小生です」

フェルセンは食い下がった。いかなる理由からにせよ、途中で降ろされたくはないのだろう。気持ちはわからないではないが、それなら自分で努力することだ。ひたむきに努力して、誰かに助けてもらおうなどとは思わないことだ。

フェルセンの目が動いていた。こちらの首の横を掠《かす》めてすぎた視線は、恐らくは背後の馬車に座したままの王妃に向けられたのだろう。お口添えください。それくらいの言葉を目で伝えたということだろう。

――マリー・アントワネットは、どんな顔で応《こた》えたのか。

確かめたいとの衝動に駆られながら、それでもルイは後ろを振り返らなかった。今にも泣き出しそうな顔か、あるいは恋路を邪魔する悪意に憤る顔か、いずれにせよ男に恋する女の顔になっているのかと思えば、怖くて、怖くて、とても振り返ることなどできない。

――いや、そうではない。

一瞬ぐらついた自分を、ルイは強引に支え直した。ああ、怖くなどない。そうではなくて、無用に振り返ることで、王妃に不当な侮辱を加えるべきではないというのだ。フェルセンとの情交など、到底ありえない話であれば、もとより振り返るまでもないのだ。

「計画なら全て私の頭のなかに入っています」

と、ルイは続けた。もちろんフェルセンも、左様であればとは引き下がらない。ええ、ええ、陛下には確かに全て御説明申しあげました。御理解いただけたものと、それは小生とて疑っておりません。けれど、小生は実際の道を何度も往来しているのです。

「そのうえで立てた計画なのですから、やはり小生が自《みずか》ら……」

「指図《さしず》して、うまく事が運びましたか」

「…………」

「貴殿が道を往来して、そのうえで貴殿が立てた計画を、貴殿は今宵《こよい》その通りに進めることができましたかと、そう質問しているのです」

突きつけてから、これみよがしにルイは懐中時計を取り出した。これだけ大きな遅れが出ているると、なにも言葉にする必要はなかった。

蓋を開け、文字盤を覗《のぞ》くふりをしている間に、フェルセンはうなだれた。その前に数語をいいかけたようだったが、ぱくぱくと唇が虚《むな》しく動いたばかりだった。言い訳にしかならないからだ。口外するだけ、それは見苦しいからだ。

がっくりと落ちた相手の肩を、ルイは最後にポンポンと叩《たた》いてやった。

「貴殿の働きに感謝はしているのです」

ええ、モンメディで再会いたしましょう。そのまま踵《きびす》を返して、すたすたベルリン馬車まで歩いたが、そうする間もルイの心臓は飛び出さんばかりに跳ねた。我ながらの大それた決断に狼狽《ろうばい》したのか。あるいは王妃に責められることを恐れたのか。自分でも理由は覚束《おぼつか》なかったが、どきどき、どきどき、とにかく動悸《どうき》は激しかった。

「さあ、次はクレイです」

ブリュニエ夫人とヌフヴィル夫人が我々の到着を待つはずです。いいながら、ルイは馬車に乗りこんだ。

車内のマリー・アントワネットはといえば、それを笑顔で迎えてくれるではなかった。といって、仏頂面を突きつけるわけでもない。御者台脇《わき》の角灯が逆光になる格好で、もとより車室の表情など闇に没してわからない。ただ少なくとも、文句だけはいわなかった。

17――旅

――この私も、どうして捨てたものではない。

旅の車室に揺られるほどに、ルイ十六世は繰り返さないでいられなかった。ああ、やはり捨てたものではない。誰かのいいなりで、大人しく従うだけが能の男ではない。ああ、馬鹿ではない。自分で考え、自分で決断し、自分で行動することができる。

――それが証拠に……。

ベルリン馬車は走るというより滑るような疾走を続けていた。都心と違い、石畳の舗装が行き届いているわけもなく、びしびし砂利が弾《はじ》けるような郊外の街道だったが、その優れた乗り心地は変わらなかった。

距離が長くなるほどに、ひしひし実感されたところ、車の性能にこだわって、やはり正解だった。足回りを安易に妥協していたら、こんな風には走れなかった。

ほとんど悦に入るかの気分で、ルイは小さな手帳を開いた。

「六月二十一日、午前四時半、クレイ着。先着のブリュニエ夫人、ならびにヌフヴィル夫人と合流。その二輪馬車を合わせて、以後は前後に二台を連ねての旅となる。

午前七時八分、モーの宿駅に到着、持参の籠《かご》を開いて、いつもより少し早い朝食。

午前八時十六分、ラ・フェルテ・スー・ジュアール着、十分ほどで馬を替える。

午前九時二十八分、モラスの森で休憩、十時を目処《めど》に出発しようという了解で、子供たちに新鮮な空気を吸わせる。

午前十一時十二分、ヴィエル・メゾン着、用足しを含めて、二十分の停車。

午後零時四十二分、フロマンティエール着、往来の人々と少し話す。今年は豊作であろうとの見通しをえる」

それは旅の記録だった。ボンディでフェルセン伯爵に別行動を告げてから、つまりは人任せにすることなく、逃避行を自《みずか》ら采配《さいはい》するようになってから、ずっと書き留めていた。折りにふれて読み返すにつけても、ルイは自負を呟《つぶや》かずにはおれないのだ。

――私たちの旅は、まずまず順調といえるかな。

フェルセンを切り捨ててよかった、との思いも揺るがない。同道されたボンディまでは不手際に次ぐ不手際で、苛々《いらいら》させられ通しだった。それが今、どうだろうか。

手帳から目を上げて、それをルイは車窓の景色に移動させた。平らかな心で眺めるうちに、陶然と見入るくらいに魅了されてしまうのは、なに妨げられるものなく連続する、シャンパーニュ地方の田園だった。

――また夕陽も見事だ。

沈まんとして、彼方《かなた》の地平線を染める色は、赤というのか、それとも黄色というべきか。はたまた二つを混ぜた橙色《だいだいいろ》と、それもブルボンの分家が治めるスペイン、あの国が産する柑橘《かんきつ》そっくりの色と、そうまで形容すれば正しく伝えられるのか。そんなことを考えているうちに、こんなことを考えたのは、およそ生まれて初めてのことではないかとさえ思えてくる。

――まさに景色に酔いしれる。

夕陽の色に侵されて、なお粉を吹くかにみえる石灰質の土壌ながら、それは豊かな大地でもあった。

添え木をあてられた葡萄《ぶどう》の低木が、左右の沿道にえんえん緑の畑をなしていた。これが誉《ほま》れの美酒になるかと思い及べば、ルイには夜毎《よごと》ヴェルサイユで嗜《たしな》まれた芳香が、ふっと鼻孔に蘇《よみがえ》るようにも感じられた。

昼が長い夏至の頃であれば、ようやくという感じの日暮れでもあった。初夏とは思われないくらい、それは暑い一日だった。その大半を車室に揺られた不愉快から解放される、もうじき涼やかな夜風が吹くと思うほどに、まして心が慰められた。

――だから、旅も悪いものではないな。

まず間違いなくパリでは、こんな夕陽は眺められなかったであろうしな。そう言葉が落着すれば、ルイの心は安易な自己満足に戻り行くより、清々《すがすが》しいばかりの驚きに曝《さら》された。ああ、こんなところまで、よくぞ逃げて来たものだ。こんなに長い時間を、よくも自由でいられたものだ。

夢をみているような、容易に本当にできないような、ある種の不安に襲われることもある。ああ、出来すぎだ。こんなにも簡単に成功してしまうわけがない。底なしの疑念を打ち消そうと思うなら、かえって失敗の記憶こそ頼もしく感じられた。ああ、ヒヤとしたこともあった。一度だけだが、確かにあった。

――シャントリクスを通過したときだ。

見直した手帳によれば、午後一時四十九分に到着しているシャントリクスは、宿駅の他は酒場と鍛冶屋《かじや》と宿屋の三軒だけでなるような集落だった。

もちろん宿駅を構えているだけに、賑《にぎ》わいがないではなかった。行き交い、かつ屯《たむろ》する人々の数も少なくなく、馬丁から、御者から、往来の旅人、行商人、郵便配達夫、果ては物乞《ものご》いから、なんの用事で来ているのか知れない近郷の農夫の類《たぐい》まで、ワイワイ、ガヤガヤやっていた。

そこに六頭立てのベルリン馬車が、二頭立ての二輪馬車に先導されて来たからと、どう目立つものでも、誰が注目するものでもなかった。ならば、大丈夫だろうと断じて、ルイは馬車を降りてしまった。時刻が時刻だけに、暑くて、暑くて、たまらなかったからだ。

「どこか涼めるところはないかね」

とも、宿駅で尋ねてみた。ジャン・バティスト・ドゥ・ラニーというのが宿駅長で、答えたことには酒場のほうで飲み物くらいは出ると思うと。とはいえ、下世話な連中も居合わせないではない場所だから、おたく様が仕えているような貴族の奥方様に、心安いかどうかはわからないと。

「すいてるかどうか、うちの婿に見にいかせますかい」

ルイが指に弄《もてあそ》んだ銀貨を目にとめたのだろうが、宿駅長は親切だった。ひとつ頼むよと答えると、ガブリエル、ガブリエルと早速《さっそく》に婿を呼んだ。奥から小走りに出てきて、そのガブリエルが、あっと大きな声を上げたのだ。

「あっ、国王陛下」

あまりに自然に呼ばれたので、はじめルイは驚くこともできなかった。ややあってから、これは拙《まず》いと硬直したが、なお宿駅長のラニーに救われたかとも思えた。苦笑しながら、婿をやっつけてくれたからだ。なんだと。国王陛下だと。

「おまえ、なに寝言いってんだ。そんなわけあるかい、この田舎町《いなかまち》で」

それでもガブリエルは取り下げなかった。というのも、私はここの連盟兵ですよ。去年の七月十四日には、パリに出かけてるんですよ。

「ええ、シャン・ドゥ・マルスの全国連盟祭のことです。そのときに挨拶《あいさつ》なされた陛下を、確かにこの目でみてるんです」

断るが早いか、婿は跪《ひざまず》いてしまった。ああ、ルイ十六世陛下、ご機嫌うるわしゅうございます。

ルイとしては絶句せざるをえなかった。フランス王だと見咎《みとが》められてしまった。変装してきたはずなのに……。せっかくパリから逃げてきたのに……。こんなところで正体がばれてしまうとは……。

心のなかで呻《うめ》きながら、それでもルイは王だと見破られる感覚が嫌ではなかった。ああ、これも仕方のない話なのかもしれない。国父たるものの威厳は自《おの》ずと滲《にじ》み出て、どんな変装も反故《ほご》にしてしまうのだ。

現下の立場を考えれば、あるいは呑気《のんき》にすぎる感想だったかもしれない。が、実際のところ、それで行手を阻まれたわけではなかった。

宿駅に話を戻せば、戸惑い顔のラニーも婿の真顔に促されてか、ほどなく隣に膝《ひざ》を屈した。どうしたものかと、こちらが否《いや》でも応でもないうちに、休みなくガブリエルを動かした。

「おめえ、さっさといって、陛下はご休憩をご所望だったたんだ。『雌鹿亭』に用意させせな」

それが酒場の名前だった。ルイが馬車から降ろした家族を引き連れ、改めて「雌鹿亭」に向かう頃には、もう涼など取りようがなくなっていた。長閑《のどか》な宿駅シャントリクスに、不似合いなくらいの熱狂が生じていた。こちらに跪く者がいれば、あちらに天を仰ぐ者がいてと、賑やかな人垣は今や上下に波を打つ体《てい》になっていたのだ。

「国王陛下ばんざい《ヴィーヴ》、国王陛下ばんざい《ヴィーヴ》」

いざ酒場の卓に着いても、追従《ついしょう》やら、感嘆やら、無数の言葉に囲まれずにはおかなかった。ああ、国王陛下におかれましては、こんな辺鄙《へんぴ》な田舎町に、よくもお運びくださいました。ああ、神さま、王さまが目の前におられます。王さまの御姿《おすがた》を自分の目で拝んでおります。あれが王妃さまであられるんだろう。なんと、綺麗な方なんだい。当たり前だよ、おかみさん。なんてったって、気品が違うよ。王族の皆さまってえのは青い血が流れてるっていうからね。あんたとは生まれたときから別なんだよ。はん、あんたこそ、御子さま方を御覧あれってんだ。自分のところの洟垂《はなた》れと比べてみなってんだ。

苦笑ながら、ルイも話に割りこんだものである。

「まあ、皆のもの、なんというか、ほら、今日のところ、あまり騒がれたくないというか」

「お忍びだ。陛下はお忍びでいらしたんだ」

「おめえら、国王陛下のことを、ルイ十六世さまだなんて、夢にも呼んじゃならねえぞ」

そう応じられて、ルイが再度の苦笑を強《し》いられた他に損害といえば、王妃マリー・アントワネットが今日の日の奉仕に対する感謝の印として、持参の道具箱から銀器二客を贈呈する羽目になっただけだった。

「かくて、午後二時三十一分、シャントリクス出発、か」

ルイは手元の手帳を確かめてから、また夕陽を眺めて目を細めた。ああ、まずまず順調な旅だ。なかなか愉快な旅であるといってしまえば、さすがに悠長がすぎるかな。そう自分を戒めてなお、思い起こした感慨は悪くなかった。

――まだまだ私は人気者だ。

18――ポン・ドゥ・ソム・ヴェール

地方にあっては依然、王の権威が保たれていた。

わけてもルイ十六世は、全国三部会の召集を決めた改革派の王として、貴族の横暴に戦《いくさ》をしかけた勇者として、未《いま》だ大多数の臣民に敬愛され、また支持され続けている。そう心に繰り返せば、ルイは自嘲《じちょう》の笑みにさえ誘われた。ああ、やはり全ては勘違いだったのだ。

――パリこそ、異常だったのだ。

ラ・ファイエットだの、バイイだのの増長は、許される話ではない。ジャコバン・クラブが叫んでいる言説にしても、フランスの全土的な常識からは程遠い暴論だ。ましてやバスティーユを襲撃した輩《やから》の気持ちが知れない。革命など本当に起きたものとも思えない。

つまるところ、八八年の凶作だったのかもしれない。あの不幸に打ちのめされて、フランスは一瞬だけ正気を無くしてしまったと、それが正しい解釈であり、また真相なのかもしれない。

——まったく、これまでは知らずに騙《だま》されていたことが多すぎた。

そう自分を振り返るなら、やはり楽観が許されない状況ではあった。だから、一年で最も昼が長い時期にあって、もう夕焼けを迎えているのだ。まずまず順調な旅も、時間ばかりは大きな遅れを出しているのだ。

——いっぱい食わされたといえば、返す返すも粗忽者《そこつもの》のフェルセンよ。

簡単に忘れられる話ではなかった。それどころか、ルイは輪をかけて腸《はらわた》が煮えくり返る思いである。さりとて、今現在で四時間を超えている時間の遅れは、あのスウェーデン人の失態のせいばかりとはいえなかった。

シャントリクスを出発して間もなく、ベルリン馬車に事故があった。旅客がお忍びの王らしいと知らされて、御者が俄《にわ》かに緊張に捕われたのか、ソンム・スード川の橋を渡る際に里程標に衝突してしまったのだ。

馬車は車軸を折るという、深刻な損傷だった。その修理に一時間を要して、これで遅れの総計が四時間を超えた。が、まあ、仕方がない。だからと旅を続けられなくなったわけではない。増長したパリの悪意に比べるならば、不意の事故くらいは余興に等しい。

「いや、きちんと修理したほうがよいですよ」

　そう声が聞こえて、ルイはハッとさせられた。

　思いを巡らせているうちに、うとうとしていたらしい。靄《もや》がかかるような目を慌てて瞬《しばた》かせてみると、車室のなかは静かな寝息が合唱する体《てい》だった。

　さすがに疲れたのだろう。二人の子供は無論のこと、トゥールゼル夫人も、王妹エリザベートも、王妃マリー・アントワネットにいたるまで、皆が自分の肩に顎《あご》を預けるような格好だった。もしや私の鼾《いびき》がうるさかったろうかと、そんなことを案じながら、ルイは馬車の外に目を転じた。

　車窓の向こうに覗《のぞ》いていたのは、馬鞍《うまくら》と乗馬服の裾《すそ》だった。黄色でないからには、騎馬で並走している護衛マルダンのそれではない。御者とやりとりしている会話から察するにも、偶然に行き合わせた騎馬の旅人のようだった。それが親切のつもりで、こちらに忠告を寄せてきたのだ。

「ええ、このままじゃあ、再度の故障は時間の問題です。なるだけ早く、専門の馬車屋に預けたほうがよろしい」

「そうなんですよ、旦那《だんな》」

　御者が答えた。前の宿駅で雇い入れた、まだ若いが、どことなく横柄な感じの男だった。ええ、ほんとの応急修理で、まったく粗末なもんでさ。きちんと直したほうがいいって、あっしも忠告したんですがね。こちらの御一行さまときたら、急ぎの旅だから、とにかく急ぎの旅だからの一点張りでしてね。

「ほとんど無理矢理ってな感じで、出発させられちまいました」

ははは、と続けられた笑いを憮然《ぶぜん》として聞きながら、ルイは思う。急ぐのは当たり前だ。ゆっくり修理などしていられなかった。それは手帳にも書いてある通りだ。

「午後四時十二分、シャロン着、シャンパーニュにおけるジャコバン・クラブの最大拠点。大急ぎで馬を替え、四時二十八分には出発」

シャロンこそ最大の山だった。この街を抜けられさえすれば、もう逃避行は成功したも同然だった。であれば、誰がグズグズしていられようか。

御者台に座る護衛のムスティエが、やりとりに介入していた。御忠告感謝しますが、ムッシュー、我らは本当に急いでいるのです。どうか御者に余所見《よそみ》をさせないでやってください。そうやって親切な旅人に断るかたわら、こちらの御者をも一喝していた。

「急ぎだからと、おまえには銀貨一エキュ余計に払ってあるだろ」

だまって馬をさばいていろ。肩くらいは竦《すく》めたのかもしれないが、それきり御者は文句をいうではなかった。単騎の男がいいおいて、それで会話は終わりだった。

「とにかく、このままじゃあ、じきに止まってしまいます。御節介をいうようですが、この先は道が悪くなるばかりですからね」

駆け足になったと思うや、それきりで馬の蹄《ひづめ》が遠くなった。残る並足は護衛の二人が進める二頭であり、親切な旅人は横道に別れたということだ。

「本当に御節介だったよ」

と、車室のルイは呟《つぶや》いた。ああ、まさしく要らぬ心配だったよ。緑に塗られたベルリン馬車が、いくら野暮で冴《さ》えないようにみえたとしても、その中身は本物の一級品なのだ。バネが優れものなので、土台が車軸にかかる負担が小さいのだ。

また事故でも起こすのでないならば、まず止まることなどない。いや、仮に応急修理でたらず、立ち往生を余儀なくされることがあっても、もうここまで来ているのだ。

――あと少しだ。

それもルイの自信になっていた。ああ、もう少しでブイエ将軍が制圧している地帯に入る。もう次の宿駅になるポン・ドゥ・ソム・ヴェールには、部隊の出迎えさえある。ショワズール・スタンヴィル公爵が四十人を数える軽騎兵の小隊を率いながら、主君が乗るベルリン馬車の到来を待ち受けている予定である。

――我々は助かるのだ。

そう楽観してよいのは、旅人に続いて護衛ヴァロリの騎馬姿も消えていたからだった。

ヴァロリは寄るべき宿駅が近くなると、ひとり常に先駆けした。あらかじめ替え馬と御者の手配を済ませることで、無駄な時間を使わず、速やかな乗り継ぎを図ろうという手筈《てはず》である。

――というか、そのように私が命じた。

これ以上の遅れを出すわけにはいかないからだ。実際に停車時間は短くなった。さもなくば、宿駅に停《と》まるたび十分、また十分と加算されて、遅滞の幅は五時間、六時間と、さらに広がっていただろうと思う。となれば、まだか、まだかと、迎えの兵団が痺《しび》れを切らすことにもなりかねまい。

ほくそえみながら、ルイは懐中時計を確かめ、また手帳に正確な時刻を書き入れた。

――ええと、午後六時十五分、ポン・ドゥ・ソム・ヴェール着と。

まだ赤く焼けた空に、黒い影が屹立《きつりつ》していた。地図の記載が正確ならば、ノートルダム・ドゥ・レピーヌ教会の鐘楼ということだろう。「マダム（我が貴婦人）」ならぬ「ノートルダム（我らが貴婦人）」とあるからには、聖母マリアが祀《まつ》られている教会だが、今度ばかりは祈りを捧《ささ》げる時間くらいはあろうかなと、あくまでルイは余裕だった。

道を迷うようなところでもなかった。シャンパーニュの平らな大地に神が戯《たわむ》れで掘り下げたような沼があり、その辺《ほとり》に淋《さび》しげな様子で鎮座している縦長の建物が宿駅だった。少し離れて、さらに何軒か建物が並んでいたが、時間が時間ということなのか、他の宿駅に比べると、なんだか往来が少なかった。

「………」

おかしい、とはルイも思った。二台の馬車が宿駅に到着しても、先発したはずのヴァロリからして姿がみえなかったからだ。

もっともヴァロリに関していえば、それほど大きな問題ではなかった。じきに蹄の音が近づいてきて、ルイが待ち受けた車窓に、きちんと報告を寄せた。が、その報告が喜ばしいものではなかったのだ。

「ええ、近くの村々まで、くまなく回ってみましたが、誰もおりませんでした」

「誰もいないというのは」

「ですから、軽騎兵隊が来ていないのです」

そう声に出したヴァロリは、夕焼けを頰《ほお》に受けて、なお青ざめてみえた。

確かに衝撃の事態だった。ポン・ドゥ・ソム・ヴェールまで来れば助かる。ショワズール・スタンヴィル公爵と会える。宮廷からブイエ将軍に派遣していた腹心、ゴグラも一緒に待機しているはずだ。こちらの到着を確認し次第、その先に展開している各部隊に伝達するため、すぐさま走り出すというから大儀な話だ。

同じく国境地帯との連絡役に重用したのが、奇抜な髪形を考案することで知られた美容師レオナール・アンティエだった。この洒落者《しゃれもの》も大の得意客の王妃さまを一番に出迎えたいと、ポン・ドゥ・ソム・ヴェールに待機しているはずだ。そんな話で盛り上がりながら、ここまで歩を進めてきたのだから、ベルリン馬車も一瞬にして、通夜さながらに沈んでしまった。

――確かに、ひどいな。

聞こえるのは、神経に障る烏《からす》の鳴き声だけだった。騎兵が四十を数えるならば、馬の嘶《いなな》きから、足踏みする蹄の音から、いや、それ以前に大きな動物が四十頭も並んでいる気配からで、自《おの》ずと物々しくなっていなければ嘘《うそ》なのだ。

期待を裏切るポン・ドゥ・ソム・ヴェールの静けさは、もはや恐ろしいばかりだった。

――さりとて、そうそう、うろたえたものじゃない。

ぱんぱんと手を叩《たた》いてみせながら、ルイは始めた。皆を元気づけようという意図もあったが、それほどの無理をしたつもりもなかった。元来なにが起きても、あまり慌てない質《たち》だからだ。

無神経などと悪意に解釈されることもあるが、こちらとしては、いちいち動揺しているようでは、とても一国の主《あるじ》など務まるものではなかろうと自負もある。だって、そうじゃないかね。

「塞《ふさ》いだり、嘆いたりしていれば、それで道が開けるとでもいうのかね」

先に進もう、とルイは続けた。ああ、手違いだよ。またしても手違いだよ。ああ、諸君、手違いというものは起こりえるのだよ。

そう専断できた自分に、ルイは我ながら満足した。事実、そうした決定に反対する者もなかった。三人の護衛たちは迷うような素ぶりもなく動いたし、馬車二台に分乗する女たち、子供たちとて、黙して頷《うなず》くばかりだった。

その目が涙ぐんでいたとしても、かかる不測の事態にも動じない男がいて、果敢な決断を迷わなかったことに安堵《あんど》し、あるいは一種の感動さえ覚えたからに違いない。

――とはいえ、この私を誰だと思っているのかね。

ルイ十六世だよ。このフランスという国を治め、また導くべくして生まれた、国王という種類の人間なのだよ。そう心に冗談めかして、ふとルイは思いついた。フランス王ルイ十六世だったのではない。もしや、この旅で初めてフランス王ルイ十六世に、つまりは王者にふさわしい人間になれたのかもしれないなと。

19――サント・ムヌー

午後七時二分、二台の馬車が到着したのは、オルブヴァルという宿駅だった。田舎《いなか》も田舎、時刻も時刻ということで、ろくろく往来もない有様だったが、幸い馬は替えられた。新しい御者も雇い入れることができたが、これが旅の続行に反対した。いくら夏至の頃でも、もう一時間ばかりで日が暮れる。夜道を走り続けるより、今日のところは自重したほうがよい。急ぎというなら、明朝一番に発《た》つほうが早い。

それが嫌がる理屈だったが、当然ルイには容《い》れられなかった。ブイエ将軍の兵隊に会えれば、それでよいからだ。無難な方法で上手に距離を稼ぐことには、さほどの意味もないからだ。

――ここには泊まる宿屋もなかろう。

執事デュランとして、ルイは答えた。ああ、我々ならば厩舎《きゅうしゃ》の隅で寝転ぶこともできようが、同じような真似をコルフ男爵夫人にさせるわけにはいかない。そうやって情理を尽くし、止《とど》めが一エキュ余計の心づけと、次の宿駅サント・ムヌーまでという約束をくれることで、なんとか御者を説得することができた。ところが、なのだ。

いざ旅を再開して、ほどなく御者の反対は道理だったかもしれないと、さすがのルイも多少は反省せざるをえなくなった。シャンパーニュの平原が終わったからだ。かわりに現れたのが、アルゴンヌ丘陵だったのだ。

上り下りの坂道が多くなった。また景色も葡萄畑《ぶどうばたけ》がなくなって、すっかり森がちになった。

当然ながら、道路も悪かった。段差あり、大穴あり、ぬかるみあり。この険しさは馬を殺してしまいますよと、なおも御者は不平不満を絶やさなかったが、こちらのルイにしてみても、馬車の車軸は大丈夫なのか、馬は取り替えられるとして、さすがのベルリン馬車ももたないのではないかと、やはり気を揉《も》まないではいられなかった。

苛々《いらいら》が高じるほどに、ぶつぶつ呟《つぶや》いたというのは、それとして事実なのだ。

「一体どこまで行けば、ブイエの迎えと会えるというのだ」

自分を騙《だま》し騙しに上辺の無表情を貫くのも、そろそろ限界だったということだろう。そのときルイは嬉《うれ》しさのあまり、思わず手まで叩《たた》きそうになった。

午後七時三十八分、一行はサント・ムヌーに到着した。まだ空は明るいといいながら、それも大分紫色が濃くなっていた。やはり閑散としているかと思いきや、意外なくらいに人出があったことが、とりあえずの驚きだった。

なるほど、シャロンと比べられるほどではないながら、サント・ムヌーもポン・ドゥ・ソム・ヴェールやオルブヴァルよりは遥《はる》かに大きかった。いくつもの建物が軒を並べ、宿屋、飯屋、酒場と色とりどりの看板も競い合うようであり、あるいはアルゴンヌの難所に向かう手前の、最後の宿場町ということかもしれなかった。

それなら賑《にぎ》わい方もわかる、この時刻だからこそ賑わうという理屈もあると、そんなことを考えながら馬車を宿駅に進めていたところ、ルイはみつけることができたのだ。

それは「金色の太陽」と読める看板の下だった。とうに日が低い頃合いながら、なお輝きを留《とど》めていたのが、派手な羽根飾りが揺れる銅色《あかがねいろ》の兜《かぶと》だった。あれと目を凝らしてみれば、それとブルボン王家が定めた緑色の軍服までが確かめられた。

――竜騎兵だ。

このあたりで兵隊の姿がみられるとすれば、ブイエ将軍が派遣したものとしか考えられない。そう心に続ければ嬉しくて嬉しくて、浮かれた拍手ばかりは我慢したものの、ルイは車窓から声をかけずにはいられなかった。

「兵隊さん、ここの宿駅はどちらかね」

「なんだい、旦那《だんな》。おお、おお、えらい別嬪《べっぴん》さんばかり連れているじゃねえか」

竜騎兵の目線の動きにはルイも気づいた。背後の車室で王妃が、外に会釈を投げたようだった。まあ、正体に気づかれたなら、それまでの話だと、なお心が切迫するではなかった。あくまで執事デュランとして答えれば、これまた軽口を叩くような気分だった。

「はは、残念ながら、私の妻ではないんだ。私が仕える女主人と、その家族、あとは腰元といったところさ」

肩を竦《すく》めてみせてから、ルイは改めて宿駅の場所を尋ねてみた。

「ラ・ポルト・デ・ボワ通り、あっちの方角だ」

教えてくれた竜騎兵には、言葉にドイツ訛《なま》りがあった。やはり、だ。ブイエ将軍が従えているのは、ほとんどが外国人傭兵《ようへい》なのだ。

「もう間違いないね」

ルイは笑顔で車室を振り返った。マリー・アントワネットが頷《うなず》きで応《こた》えていた。車内は暗がりでありながら、それでも皆の安堵《あんど》の表情が浮かんでみえるようだった。ああ、いくらか手違いがあっただけだ。ブイエ将軍は約束を違《たが》えることなく、きちんと兵隊を出してくれている。ほら、あそこにみる通りだ。じき私たちは懇《ねんご》ろに保護されるのだ。

「みな、大儀であったな」

ほんの小さな声ながら、そんな風にまとめる言葉まで吐いたのだから、ヴァロリと合流を果たしたとき、ルイとしては怪訝《けげん》に思うというより、すでにして業腹《ごうはら》だった。

先発した護衛はサント・ムヌーの宿駅で、馬と御者の手配を済ませていた。全て順調にみえたにもかかわらず、今度も狼狽《ろうばい》顔を隠さなかったのだ。

「どうしたというのだ」

「ああ、ええと、その、デュランさん、実は急がなければなりません」

「だから、なにがあったんだね」

「サント・ムヌーの住民が、大分ぴりぴりしています。どうして兵隊が来るんだと。なにか事件が起きたのか、それとも陰謀でもあるのかと、不安に駆られているらしく……」

「馬鹿な……。まあ、それならそれでよい。ああ、先を急ごう。すぐに兵団をまとめたまえ」

「ですが、てんでに飲みにいってしまって、全員を集合させるには時間がかかると」

「なんたること……」

ルイは「金色の太陽」を思い出した。あの看板も飲み屋の風だった。とすると、ラ・ポルト・デ・ボワ通りと教えてくれた竜騎兵にしても、ほろ酔い気分の上機嫌だった気がしてくる。

「なんたること、なんたること」

「現場の将校がいうには、あまりに到着が遅いので、酒でも許さなければ、もたなかったのだと」

　ルイは続ける言葉を探しあぐねた。遅れも四時間を超えていれば、竜騎兵の自儘《じまま》も責められない話かもしれないと、そこは認めざるをえなかったからだ。

　ポン・ドゥ・ソム・ヴェールやオルブヴァルにしても同じことだろう、とも思いつついた。ああ、あそこの兵隊は王の到着を待っていられず、あるいは遅れに戸惑うあげく、引き揚げたのかもしれないと。

　――が、それは私が悪いのか。

　ルイとしては、やはり寛容に流す気にはなれなかった。目の前に不都合があるかぎり、さしあたり誰かを責めなければ収まらない。

「その現場の将校というのは」

　と、ルイは尋ねた。ヴァロリが答えたことには、ダンドワン男爵といいますと。今は兵隊に集合の声をかけてまわっているはずですと。

「ああ、来ました」

　ヴァロリが示した方角から、確かに緑色の軍服が近づいてきた。全部で三人ほどで、部下を引き連れる体《てい》の先頭の男が、話に出たダンドワン男爵なのだろう。

　それが目を見開くや、小走りで駆けてきた。ヴァロリさん、なにやってるんですか。早く出発してしまわないと、もう一巻の終わりになりますよ。

「ヴァロリさん、ああ、ヴァロリさん、こちらの二人は御仲間《おなかま》というわけですか。ああ、全部で三人なんですか」

「それが、なにか」

「だから、ヴァロリさん、その黄色い上着は脱いでくださいといったでしょう。ただでさえサント・ムヌーは、ぴりぴりしてるんですからね」

「けれど、そんな、藪《やぶ》から棒に上着を脱げといわれても」

ヴァロリの抗議に応えようと、ダンドワンは口を開いた。が、その怒面に声が宿るより一瞬早く、また別な声が投げつけられた。

20——顔役

「コンデ大公じゃねえのか」

宿駅を遠巻きにしている人垣からのようだった。

誰と声の出所を確かめるより、その名前にルイは胸を衝《つ》かれた。コンデ大公家はブルボン王家の分家だ。つまりは同じ血統なのだ。正体がばれたかとも怯《おび》えたが、それなら「コンデ大公」と別な名前が出てくるのは、これまた奇妙な話だった。

思い返して様子を窺《うかが》っていると、がやがや人垣のほうから続けた。

「コンデ大公本人じゃねえにしろ、亡命貴族は亡命貴族で違いあるめえ」

「そいつを迎えに来たってわけかい、コンデ大公の軍隊が」

「おいおい、このまま戦争が始まるって話じゃねえだろうな」

ダンドワン男爵が慌て気味に介入した。違う、違う、だから、我々は国境の駐屯軍から派遣されてきたものなのだ。パリから軍資金が届けられるというので、それを受け取りに来ているだけなんだ。

「だったら、そいつらの黄色い上着はなんなんだい」

そう群集に応酬されて、ルイは今さら理解した。

「おお、そうさ。黄色はコンデ大公家の御仕着せの色じゃねえか」

そう人々が指摘した通りだった。ヴァロリ、ムスティエ、マルダンの黄色い上着は、ここでは郵便配達夫と取られるより、コンデ大公の手下と取られてしまうのだ。

それは住民が普段から神経を毛羽立たせていた証拠でもあった。

またコンデ大公も国外に亡命していた。オーストリア領ベルギー側で、亡命貴族の首領のような役回りも演じていた。フランスに捲土重来《けんどちょうらい》を期する反革命の雄というわけで、これが外国の軍隊と一緒に攻めこんでくるのではないかと、それが国境地帯の絶えざる不安になっていたのだ。

——このあたりには確かコンデ家の領地もあったはずだし……。

よくよくみれば、人垣には物騒な風体も紛れていた。刻々と暮れる暗がりにも、はっきり銃とわかる細長い影が確認されたからには、大鎌《おおがま》を担ぎ、鍬《くわ》を握りといった連中も、単なる畑仕事の帰りとばかりは決めつけられない。連盟兵、つまりはパリでいう国民衛兵の制服まで何人か出てきているからには、人々には積極的な武装が呼びかけられたと解釈するべきなのだ。

――ぴりぴりするのも無理はない。

庶民にとっては、平和が一番の関心事だからである。平穏無事な日々が脅《おびや》かされる事態こそ、なによりの悪と考えるのである。

ポン・ドゥ・ソム・ヴェールやオルブヴァルに兵隊がいなかったのも、単に待てなかっただけではないのだろう。根気強く待とうにも住民が騒ぎ出して、陽気に語れる酒場もないでは、容易に留《とど》まれなかったのだろう。

――が、そうとわかれば、対処の仕様もある。

きんきん声を張り上げるダンドワンを迎えながら、おろおろ弱るばかりのヴァロリを横目に、ルイは考えを巡らせた。ああ、確かに民人《たみびと》にしてみれば、身の安全こそ最大の関心事だろう。が、それだけだ。あとは食べるものがあるかないかと、かかる心配が残るのみだ。

――政治に関心があるではない。

これという思想信条があるでもない。コンデ大公にも、兵隊を引き連れて、平和を脅かしそうだからこそ憎しみを抱《いだ》くのであって、それが革命の闘士だろうと、反革命の領袖《りょうしゅう》だろうと、いずれも重要な話にはなりえないのだ。

――ならば、いっそ自《みずか》ら正体を明かすべきだろうか。

と、ルイは考え始めていた。コンデ大公などではない、フランス王ルイ十六世なのだと正体を明かせば、これくらいの揉《も》め事《ごと》は一気に解決してしまうのではないかと。

なんとなれば、ここはパリではなかった。まだまだ地方にあっては、王家の権威は保たれている。フランス王ルイ十六世の名において、当地の平和を保障してやるならば、もう全体なんの問題が残るというのか。

「なんだ、なんだ、なんの騒ぎなんだ、いったい」

また別な声が飛びこんできた。が、これまでの声のように臆病《おくびよう》な距離を置き続けるでなく、それどころか、ずんずん大股《おおまた》の歩みで前に押し出してくる。

濡《ぬ》れた手を拭《ふ》き拭き、今度こそ農作業から上がったばかりとみえる、屈強な体軀《たいく》の男だった。歳《とし》の頃は三十前後、赤銅色《しやくどういろ》の日焼け顔からも、土に触れて生きる人間そのものという逞《たくま》しさが感じられた。が、かたわらで押し出しの強さには、土地の顔役といった迫力もないではない。

隣からヴァロリが小声で教えてくれた。サント・ムヌーの宿駅長、ジャン・バティスト・ドルーエさんです。私がかけあったときには、なんでも畑から戻ってきたばかりだから、先に泥を落とさせてくれということでした。

――やはり自分の土地を持つ、そこそこの名士の線か。

狩りを好んだルイにすれば、見慣れない人種というわけではなかった。

ドルーエは人垣を搔《か》き分けて近づいてきた。なんだよ、クリストフ、その鉄砲は。おいおい、ジェローム爺《じい》さんまで来たのかい。だから、そんな物騒なもん構えたって、自分の足を撃ち抜くのが関の山っていうもんだぜ。

それは諌《いさ》めるような口ぶりだった。なるほど、とルイは思った。

顔役ということならば、一体に揉め事は嫌うものだ。気が荒く、腕っぷしが強そうにみえる輩《やから》ほど、丸く収めようとするものだ。

二台の馬車の側《そば》まで来ると、ドルーエは最初ベルリン馬車の屋根を見上げた。ほほお、山と荷物を積んだもんだな。アルゴンヌの丘は甘かねえぜ。こんなんじゃ、どのみち馬がつぶれちまうぜ。

「旅行なんか、ここで諦《あきら》めたが利口じゃないかい」

ドルーエに続けられた間にも、ルイは自分に言い聞かせていた。勝負だ。ここが勝負の分かれ道だ。

同時にルイは心を決めた。もちろん拙策に出るつもりはない。あくまでコルフ男爵夫人のフランクフルト行《こう》だというし、求められれば偽の旅券も提出する。が、それでも通過を認めないというならば、そのときは堂々と明かすまでなのだ。

——朕《ちん》こそフランス王ルイ十六世であると。

そのときだった。ドルーエは興味なさげな薄笑いと一緒に、小さな手ぶりを投げてきた。わかった。わかった。まあ、勝手にするがいいさ。

「馬だけ替えて、さっさと出発するがいいさ」

「それでは……」

ヴァロリに確かめられる段になると、ドルーエは面倒くさげでさえあった。ああ、いけ、いけ、早くいっちまってくれ。

「街の連中は俺《おれ》が宥《なだ》めといてやる。あんたらには手出しさせねえ。とにかく騒ぎだけは御免なんだ。ここから出てってくれさえすりゃあ、どっちだっていいんだよ、俺は」

ルイは心に吐き捨てた。庶民とは、こんなものだ。やはり、平穏な日常が守られれば、それでよいのだ。革命だろうが、反革命だろうが、そんなことは考えようともしないのだ。

――ならば、やはり正体を明かすべきだったかな。

そう小さな後悔も覚えないではないながら、ひとまずルイは冴《さ》えない執事デュランとして、サント・ムヌーを無難に発つことにした。

21――ヴァレンヌ

襲いきたのは今度こそ堪えがたい睡魔だった。

とうとう夜の旅になった。ベルリン馬車は角灯《かくとう》と月明かりばかりを頼りに、闇夜《やみよ》の田舎道《いなかみち》を進んでいた。全てが黒く塗りつぶされ、目で追うべき車窓の景色もなくなると、たちまち意識を支えられなくなったのだ。

さすがに疲れが溜《た》まってきた。パリを抜け出して、そろそろ一日がすぎようとしていた。時間にして二十時間強、宿駅の数にして二十四駅、移動の距離にして六十リュー（約二百四十キロメートル）、これだけ馬車に揺られ続けていれば疲れないわけがない。

いうまでもなく、車室の家族は子供たちも、女たちも、とうに睡魔に攫《さら》われていた。旅を始める時点では緊張の連続を強《し》いられて、いよいよ疲労困憊《ひろうこんぱい》するまで眠れないのではないかと考えたものだが、思いのほかによく眠る。

恐らくは不安がないからだろう。つまりは家長たる私に全幅の信頼を寄せているのだろう。ならば、私は頑張らなければならない。

——私までが眠ってしまうわけにはいかない。

そう自分に戒めて、なお何度も意識が飛びそうになった。ルイが自分のこととしても思うに、やはり安心したということかもしれないなと。

——ブイエ将軍は間違いなく動いている。

午後九時三十二分、一行はクレルモン・アン・アルゴンヌに到着した。時刻が時刻だけに、しんと音が聞こえるくらいに静かだったが、それでも宿駅に人はいた。しかもフランス王国の軍服だった。

「ダマ、竜騎兵師団の連隊長であります」

そう軍服は名乗りを上げた。もちろんブイエ将軍に遣わされた男である。忠義一徹の軍人もいたもので、大幅な遅れにもかかわらず、このダマ連隊長だけは辛抱強く、己の持ち場を守り続けていたのである。

ただ兵団は宿駅に置いていなかった。事情はサント・ムヌーと同じで、住民に警戒されるからだ。クレルモンの配置兵数は百四十人と多かったため、恐慌を来《きた》す事態さえ危《き》惧《ぐ》された。近隣の村々に分駐させるしかなかったと、それがダマの説明だった。

「急ぎ集合させましょう」

とも持ちかけられたが、それをルイは辞退した。いや、ありがとう。けれど、今は先を急ぎたい。馬の交換だけで、すぐに出発したい。

「君は君で兵士総員の集合が出来次第、後から追いかけてきてほしい」

そう指示して、直後には本当に出発したので、停車は十分ほどで済んだ。ブイエ将軍の兵隊は稼働している。サント・ムヌーでも、クレルモンでも確かめられて、もはや疑うまでもないならば、あえて前後左右を固められる必要はないと、それがルイの考えだった。

——パリからの追手が迫るわけでなし。

現地の国民衛兵隊が行手を阻もうとするでなし。問題は住民の猜疑心《さいぎしん》だけだというならば、それを好んで刺激することもない。

なにより、かくなるうえは目的地のモンメディに、一刻も早く到着したかった。さもなくば安心できないというのでなく、さもなくば安眠できないからだ。この旅が終わるまでは責任者として、起きていなければならないからだ。ああ、私だって眠りたいよ。

——寝台に寝転んで、のびのび手足を伸ばしながらね。

睡魔は順調な旅の証拠でもあった。夜の帳《とばり》がおりるとともに、誰もが口数少なくなり、ひとり、またひとりと寝息を立てる者が増え、その眠りが遮られるような不愉快がない、がたごと車体が揺れる音さえ心憎い子守唄《こもりうた》になるというくらいの、それはつつがない旅だった。これにルイまで眠りに誘われてしまうということ以外に問題があるとすれば、再びの御者の不機嫌くらいのものだった。

オルブヴァルで雇い入れた御者も、サント・ムヌーで雇い入れた御者も、これから夜になろうという旅には良い顔をしなかった。それが深夜にかかろうとする時間帯の話であれば、今度の御者はクレルモンで雇い入れたときからカリカリして、仏頂面を隠そうともしなかった。

もちろん理由がない話ではなかった。クレルモンから先はメッスに向かう街道でなく、ヴァレンヌ・アン・アルゴンヌ、ダン・シュール・ムーズと経由して、モンメディに抜けていく裏道を選んでいた。近道ということでもあったが、それだけに楽ではなかった。えんえん上り坂が続いたと思えば、いつ終わるとも知れない下り坂が後に続いて、アルゴンヌの丘は聞きしに勝る難所続きだったのだ。

ルイとしては、やはりベルリン馬車の車軸が気になった。とはいえ、壊れたら壊れたで、そのときは一帯を哨戒《しょうかい》しているブィエ将軍の部隊が拾ってくれるだろうと、どこか楽観する気分もないではなかった。

ところが、御者はそれでは済まなかった。ろくろく目も利かない夜の旅は、運転に非常な神経を遣う。いつ息を上げられるか、いつ立ち止まられるかと、馬の消耗にも戦々恐々としなければならない。

「てえのも、御指図《おさしず》のヴァレンヌに着いたって、あそこには宿駅なんかありませんぜ」

別な御者が待機しているでもなければ、さらに先まで御役御免にはならない。馬も替えられなければ、そのまま夜中の野に立ち往生さえ強いられかねない。だから反対なのだと吐き捨てた御者の剣幕を思い出しながら、ルイは冷笑する気分だった。

——それが、あるのだ。

確かにヴァレンヌは、普段は宿駅がない集落だった。が、即席のものなら設けられる。ブイエ将軍が事前に動いて、そこに御者と替え馬を用意する手筈《てはず》になっていた。それも自身の末息子フランソワと、副官レジュクール伯爵に担当させて、万が一にも間違いなど起こらないようにしておくと、自《みずか》ら手紙で確約したほどの話だった。

——だから、心配はいらない。

もちろん、そう説明しても、御者は信用しなかった。こんな田舎に駆けつけて、そんな骨折りをしてくれる奇特な知り合いがいるなんて、コルフ男爵夫人というのは、どれだけ偉い御方なんですかと、下手《へた》な皮肉で応じられただけだった。

ルイは肩を竦《すく》めながら思った。まあ、全ての事情は明かせないのだから仕方がない。納得されないのも無理はない。それでも宿駅は、やはり用意されているのだ。きちんと働いてくれる者がいるのだ。なにを隠そう、この私はフランス王ルイ十六世なのだから。

「それが、そうじゃなかったんです」

馬車に告げたのは、またしてもヴァロリだった。

午後十一時六分、それが馬車の停止にハッとしながら、一番に確かめた時刻だった。

また少し眠ったらしい。どれくらい意識を失っていたのか覚えもないくらいだから、さほど長い時間でなかったとしても、深い眠りではあったのだろう。それをルイは自分の失点のように感じた。ああ、私まで眠るわけにはいかないのだ。私こそ一行の指導者であり、責任者であり、要するに家族の父親だからだ。

「それが、そうじゃなかったんです」

馬を巧みに寄せながら、車窓に告げた護衛のひとりは、次の宿駅が近くなると、先駆けして手配を済ませる役だった。ヴァロリが出てきたからには、もしやとルイは首だけ馬車の外に出した。

こんもり小山の地形に角ばる影が張りついていた。建物ということだろう。集落になっているのだろう。ああ、ちかと橙色《だいだいいろ》が閃《ひらめ》いて、夜更かしの居酒屋まであるようだ。

「もうヴァレンヌに着いたのかね」

「はい、デュランさん、到着いたしました。しかし、宿駅がないのです。臨時の宿駅が用意されているどころか、替え馬の姿ひとつありません」

鼻から息を抜く気配があった。みたことかと、御者が無言の嫌味を投げたのだろう。当然ながら癪《しやく》だったが、なお怒りを露《あらわ》にすることなく、ルイは続けた。

「私の記憶によれば、臨時の宿駅は確かヴァレンヌの『上町』にあるはずだが……」

それがブイエ将軍からの報告だった。持ち出して確かめたというのは、暗がりなりに覗《のぞ》いたところ、行手に続く一本道の隘路《あいろ》が、まだ上るようにみえたからだった。が、先着して調べただけに、ヴァロリは答えを迷わなかった。

「ここが上町だそうです。ええ、上町の外れになります」

くるりと馬首を返すと、ヴァロリは坂道を指さしもした。ええ、この坂道はラ・バス・クール通りといって、ヴァレンヌの目抜き通りにあたるのですが、行き着いた頂上がサン・ジャングー教会という聖堂になっています。それをすぎると、今度は下り坂になるらしく、最初の四辻《よつつじ》を右に曲がると、すぐに小川にかかる橋が現れ、それを渡った先が「下町」なのだということでした。

「ということは、ここしかないか。やはり私の記憶だが、臨時の宿駅が設けられるのは、上町の最初の民家のすぐそば、木立の陰という話ではなかったかね」

「ええ、それが、あそこの家であり、あそこの柏《かしわ》の木だと思うんですが、御覧の通りで、なにもありません」

いくら目を凝らしても、それらしき準備は確かめられず、ルイとしても無下《むげ》にはヴァロリを退けることができなかった。とはいえ、さて、どうしたものか。

――まずは驚くまい。

と、ルイは自分に言い聞かせた。ああ、手違いというものはある。あるものだと、はじめから覚悟してかかったほうがよい。それがこたびの旅の教訓ではないか。誰かを責めて、どうにかなる話でもないならば、おいおいと嘆いたり、かっかと腹を立てたりするだけ、かえって損というものだろう。

落ち着いていられたのは、多少の手違いはあれ、ブイエ将軍は動いているのだと、確信が得られていたからかもしれなかった。ああ、遅かれ早かれ、助けは来るのだ。ならば小さな手違いに面食らい、動揺するばかりなのでは、いよいよ男子の沽券《こけん》に関わる。冷静に思案して、最善を判断して、的確に対処して、それでこそ父親の器量というものではないか。

22——警鐘

「どれ、私も馬車を降りよう」

ヴァレンヌの外れに二台の馬車を停《と》めたまま、ルイは自《みずか》ら歩いて、ラ・バス・クール通りに進んだ。宿駅が設けられているべき木の下を虚《むな》しくすぎて、そのまま最初の家の戸口に向かうと、雪が深い土地らしい、がっしりした造りの扉を、手の甲で何度か叩《たた》いてみた。

こちらの一行としても、到着の遅れについては弁解の余地もない。いったん宿駅を用意するも、やはり兵団が待ちくたびれて、それを撤去してしまったのかもしれない。が、だとすれば、近所の住人が様子をみているはずだ、なにか言伝《ことづて》を預かっていないともかぎらないと、そうルイは考えたのだった。

「だから、なにも知らねえって」

僅《わず》かに開いた扉の隙間《すきま》からは、怒鳴り声が返された。こんな夜更けに起こされれば、腹が立つのも道理だ。のみか、つい先刻にも同じことを、ヴァロリに聞かれたようだった。だから、あんたらもしつこいなあ。

「ヴァレンヌに宿駅はねえんだ」

「いや、替え馬が用意されていたとか、あるいは用意されているという噂《うわさ》を聞いたとか、そういうことはなかったものかと」

「ちっ、それなら先だぜ」

「先というと、教会のほう……。もっと先の下町という意味かね」

「はん、あとは自分でいってみなよ」

ばたんと扉が閉められた。ルイは肩を竦《すく》めながら、とりあえず馬車に戻ることにした。長い時間は離れていられないからだ。それでは家族が不安がってしまうのだ。二人の子供は寝ていたが、あとの女たちは不穏な空気を気にしてか、停車を潮に目を覚ましたようだった。

戻る道すがらで、ヴァロリが持ちかけてきた。

「駄目で元々で、下町まで馬車を進めてみますか」

「そうだね。灯火が覗《のぞ》いて、まだ起きている酒場もあるようだし」

「とんでもねえ」

反対したのが、やりとりを聞きつけたベルリン馬車の御者だった。あっしは御免ですぜ。ここからは、もう一ピエだって前には進みません。最初からヴァレンヌまでって約束でしたからね。宿駅があるってんで、引き受けただけですからね。

「でなくたって、もう馬がへばってます。また上り下りの道で馬車を曳《ひ》かせるなんて、はん、到底できっこありませんや」

心臓が破裂してしまいまさ。一気に述べ立て、腕組みの男は頑として動かない構えだった。ルイは大きく息を抜きながら、馬車の角灯《かくとう》で懐中時計を確かめた。

午後十一時十六分、もう到着から十分がたつ。手違いがなければ、馬を替えて、そろそろ出発している頃だ。さて、どうしたものだろうか。自分の足でラ・バス・クール通りを上ってみるか。教会に問い合わせてみるなり、思いきって下町に降りてみるなりして、ヴァレンヌを探索してみるか。

「ええ、旦那方《だんながた》が自分の足で動く分には勝手ですよ。ですが、あっしは一歩も動きませんし

「ああ、そうだ、そこから馬車を動かすな」

ルイはハッとして振り返った。夜陰に木霊《こだま》するほどの大声に先んじて、靴裏に小刻みな振動が伝わりきた。闇《やみ》に白いばかりの砂煙は二列であり、こちらに猛進してくるのは騎馬の二人連れのようだった。そのどちらかが、ベルリン馬車に怒鳴りつけたのだ。

――追手か。

刹那《せつな》ルイは戦慄《せんりつ》した。が、騎馬の男たちは二人とも、そのままベルリン馬車の脇《わき》を素通りした。なにを働きかけるでもなく、ラ・バス・クール通りに進んだからには、動かすなとかなんとか、あれも聞き違いだったのかもしれない。いずれにせよ、ルイは小さくなる馬の臀部《でんぶ》を見送るしかなかった。

「なんだね、あれは」

さあ、とヴァロリも肩を竦めた。わかりません。我々を誰かと間違えたのでしょうか。どけとか、邪魔だとか、そんなような怒声だったのかもしれません。

「ええ、たぶん我々とは関係ないでしょう」

「そいつはヴァロリさんのいう通りだ。おお、関係あってたまるもんかい」

不機嫌な御者は腕組みのまま、見知らぬ相手にまで腹を立てるようだった。

さておき、自分たちには関係ないと、それが妥当な考え方だろうとはルイも思った。が、ひっかかりを覚えていないわけでもなかった。ああ、どこか、おかしい。なにか見落としている。あるいは人違いでなかったかもしれない。

──というのも、私のほうが、どこかで見覚えがあるような……。

騎馬の二人づれのうち、一方の顔はみたことがあるような……。そう自問が湧《わ》いてくるも、ルイとて確信は持てなかった。もとより闇夜の話であるし、物凄《ものすご》い勢いで馬上疾駆されていれば、顔など僅かな一瞬とて、みえたかみえなかったかなのだ。

「まあ、よい。よくなくとも、馬に走り去られた今となっては、どうすることもできないわけだし、それよりも我々自身が取るべき……」

仕切りなおそうと続けかけて、ルイは言葉を呑《の》んだ。ヴァロリが表情を変えていたからだ。ぶっきらぼうだった御者までが、俄《にわ》かに臆病《おくびょう》な目になっていた。というか、闇夜は変わらないはずなのに、どうして相手の表情が、はっきり読み取れるのか。

「あれを」

ヴァロリが指さしたのは、ヴァレンヌの町並だった。あっ、とルイまで思わず声に出してしまった。

「あっ、明るい」

坂道の両側に張りつくような建物が、次から次と夜陰に窓明かりを投げ始めた。ひらひらと影が動くような様子もあった。大きな物が動いたような気配もある。まだ言葉としては取れないながら、さかんに張り上げられる大声も聞こえてきた。

――先刻の騎馬の二人か。

連中がヴァレンヌの住民を起こして回っているのか。そうルイは思いついたが、さらに考えを進めるより先に、左右の耳を押さえなければならなくなった。

こんな深夜に教会の鐘が鳴らされていた。それも脳髄に楔《くさび》を打ちこんでくるような、鬼気迫る鳴らし方で、もはや疑いもない警鐘の響きだった。

「なにが起きているのでしょう」

そうヴァロリに問われても、なにも答えられなかった。ただ異変が起きたことは間違いない。ここで手を拱《こまね》いているべきではない。

「とにかく進もう」

と、ルイは答えた。熟慮の末の決断というわけでなく、なんらかの読みがあるでも、算段があるでもないながら、とにかく動かなければならない、道を拓《ひら》かなければならないと、それだけは迷わなかった。なんとなれば、このままでは家族が不安がるからだ。のんびり構えてなどいたら、子供まで目を覚まして、おいおい泣かれてしまうのだ。

「ああ、なにはさておき、下町に抜けてみよう。ぐずぐずしていては面倒に巻きこまれかねない。ただヴァレンヌを通過することさえ困難になるかもしれない」

続けながら、ヴァロリのほうは肩を押して馬に戻し、御者のほうは腕を捕えて、ぐいぐい引っぱっていく。

さっきから嫌がるばかりの御者は、当然ながら猛烈な抗議だった。放してくれよ、デュランさん。やめてくれよ、デュランさん。まったく、冗談じゃねえぜ。あんな大騒ぎしてるところに、馬車を乗り入れるなんて、正気の沙汰《さた》じゃねえぜ。

「馬が疲れたのじゃないんだな」

「なんですって」

「だから、問題は大騒ぎのほうなんだろう。馬が疲れて進めないわけじゃないんだろう。だとしたら、もう君に出発を拒む理由はないぞ。それでも雇い主の命令を拒むというなら、わかった、それも仕方なかろうが、かわりに金は払わないよ」

「そいつは……」

「只働《ただばたら》きで終わりたくはないだろう」

ルイは答えを確かめるより先に、御者を御者台に押し上げた。どちらかといえば小柄な男で、こちらの上背が五ピエ半に達し、しかも恰幅《かっぷく》よいという身体に強引に出られては、もとより抵抗できたものではないようだった。

「だから、さあ、早く馬車を出したまえ」

ベルリン馬車が動き出した。車窓から顔を出してみると、騎馬のヴァロリの導きで、すでに二輪馬車のほうはラ・バス・クール通りに飛びこんでいた。あとにマルダンの馬が続き、あっという間に家々の陰に隠れてしまったというのに、こちらの六頭立てときたら、のろのろして容易に前に進んでいかない。

ルイは御者台に声を投げた。

「どうした。急ぎたまえ」

「やっぱり、馬が息を上げてますぜ、旦那」

「倒れてもよいから、とにかく鞭《むち》を入れなさい」

「そんな無茶いわれても……。旦那、いいですかい、御者って商売は……」

「ムスティエ、急がせなさい」

ルイは御者台に並ぶ護衛のほうに命じた。ええ、今すぐ金貨をくれてやりなさい。がらがら車輪の音が、けたたましかった。ようやく疾走が始まれば、ベルリン馬車の自慢の足回りが十全に働いた。乗り心地がよいというのではない。ふわんふわんと車体が大きく上下して、ルイなど天井に何度か頭をぶつけることになった。が、それでも走り続けることはできたのだ。安い馬車なら、とうに横転しているはずなのだ。

――だから、車軸だけは折れないでくれ。

先刻の休憩が効いたのか、曳き馬たちも元気で、上り坂をものともしない勢いで走り続けた。それとして、ヴァレンヌでは全体なにが起きているのか。

ばらばらと沿道に人影はみられた。が、それも警鐘に起き出した住民と思われる輩《やから》ばかりで、なにごとか定かでない戸惑い顔が大半だった。ならばと、あてにして問おうにも、先刻の騎馬の二人づれと思《おぼ》しき姿は、なかなか確かめることができない。

――やはり、我々とは関係なかったのか。

二台の馬車の通過を邪魔する動きもなかった。あっという間に頂上まで上り詰めたことが、ベルリン馬車の車体の傾き方でわかった。今度は下りだ。あとは最初の辻を右に曲がり、小川の橋を渡るだけだ。

そのときだった。向かい合わせに座っていた王妃マリー・アントワネットが、こちらの胸に不意に飛びこんできた。とっさに抱きかかえながら、ルイは自分の項《うなじ》あたりに怒鳴りつけずにいられなかった。

「なにごとかね」

屋根の向こうの御者台から、答えたのはムスティエのほうだった。

「バリケードです」

荷車だの、椅子《いす》だのが積み重ねられて、教会横の石門を抜けることができません。王妃を起こして、向かいに座りなおさせてから、ルイは窓から顔を出した。

もうもうたる砂埃《すなぼこり》に透けながら、先駆けの二輪馬車が停まっているのがみえた。さらに行手に荷車やら、椅子やら、もっといえば、手押し車やら、樽《たる》やら、肥桶《こえおけ》やらが積み重ねられて、それをバリケードといわれれば、確かにバリケードが組まれていた。

ああ、護衛の報告に嘘《うそ》はない。というより、嘘がないことを確かめられた時点で、すでにして絶望するべきかとルイは自問した。界隈《かいわい》が明るかったからだ。さかんに松明《たいまつ》が焚《た》かれていたからだ。はじめから、ここに誘《おび》きよせるつもりだったのだ。

午後十一時二十五分、ルイが時計を確かめている最中も警鐘は続いていた。がらんがらんと頭上の鐘楼で打ち鳴らされ、少しも止《や》むような気配はなかった。

教会の前庭に、何人か男たちが集まっていた。うちひとりが二輪馬車を覗きこんで、なにやら質問の最中だったが、それよりルイが目を惹《ひ》き寄せられたのは、建物の壁につながれた二頭の立派な馬のほうだった。

23――旅券検《あらた》め

総身が白いくらいの埃《ほこり》まみれになりながら、二人の男も居合わせていた。ぶるる、ぶるると愛馬が鼻を鳴らして容易に収まらなければ、こちらも大きく肩で息をするままであり、まさに満身創痍《まんしんそうい》の体《てい》でヴァレンヌに駆けこんだことがわかる。なるほど、ヴァレンヌまでは難所続きだ。なるほど、土地の人間も嫌がる夜の旅を強行してきたのだ。

――が、なんのために……。

我々は待ち伏せされた。この男たちに罠《わな》に嵌《は》められ、あえなく捕えられてしまった。そう考えるべきだろうかと自問しながら、なおルイは事態を容易に受け入れられなかった。捕まる理由がないからだ。別して狙《ねら》われたとは思われないからだ。

眼前の出来事について、推量できないわけではなかった。ああ、落ち着いて考えれば、すぐ思いあたる。今も頭が痛くなるほど、警鐘が鳴らされていることが、なによりの証拠である。

「兵隊がうろうろしている。気をつけろ」

騎馬の二人づれはヴァレンヌに猛進するや、それくらいの台詞《せりふ》を触れたはずだった。亡命貴族の逆襲が噂《うわさ》される国境地帯だけに、このあたりでは兵隊が嫌われている。平和を乱されたくない、日々の生活を壊されたくないとして、普段から神経を毛羽立たせている。ポン・ドゥ・ソム・ヴェールでも、サント・ムヌーでも、クレルモンでも、同じように警戒されていた。このヴァレンヌでも状況は変わらないのだ。

――臨時の宿駅を設けようとして……。

ブィエ将軍の軍団は追い払われたのかもしれないな、ともルイは思いついた。兵隊たちを引き揚げさせて、なおヴァレンヌは油断しない。身構えたままだったからこそ、こんな夜更けにもかかわらず、すぐに起き出すことができた。ああ、やはり騎馬の二人づれは、それがらみの新たな報《しら》せを寄せたのだ。

新たな報せの中身についても、ルイは見当をつけることができた。サント・ムヌーのダンドワン男爵、クレルモンのダマ連隊長、いずれも指揮下の竜騎兵をまとめて、あとを追いかけてくる予定になっていた。その大仰《おおぎょう》な行軍が沿道の人々に見咎《みとが》められてしまったのだ。あげくにヴァレンヌにも知らせなければ、となったのだ。

――それならば、やはり私たちが停《と》められる謂《いわ》れはない。

念のためと任意の停止を求められることがあっても、そのまま長く勾留《こうりゅう》される心配はない。ああ、大丈夫だと、ルイは自分に言い聞かせた。

男たちは二輪馬車から離れると、こちらのベルリン馬車に近づいてきた。埃だらけの二人を含めて、全部で五、六人が歩みを寄せたが、車窓まで詰めたのは一人だけだった。

もう初老の男で、猫背もあろうが、やけに小柄にみえた。寝ていたところを起こされた口ではあるらしく、その疲れた鼠《ねずみ》のような顔で二度ほど欠伸《あくび》を繰り返した。

ランプを掲げて、車室のなかを照らし気味にしながら、最初に抜からず人数を確かめたようだったが、それでも律儀な会釈を欠かすわけではなかった。

「ジャン・バティスト・ソースと申します。この町の助役を務めております」

「ソースさんと申されるのですな。ヴァレンヌの助役であられるのですな。手前はデュランと申します。こちらにお座りになられている、ええ、こちらのコルフ男爵夫人に雇われて、執事を務めております」

「そのようですな。先頭の二輪馬車に聞いたところ、女主人も、執事も、ベルリン馬車のほうだから、質問は向こうにお願いしたいということでした。それで、コルフ男爵夫人でも、ええと、デュランさんですか、執事さんでも構いませんから、二、三、こちらの質問に答えていただけますか」

「手前デュランがお答えします。ええ、喜んで」

「それでは、ですな。長旅の途中とお見受けいたしますが、まず目的地はどちらになりますかな」

「フランクフルトです」

「ドイツですな。ああ、もしや外国の方なのですか」

「男爵夫人はロシアの方です。二人のお嬢さま、それに介添えのロザリーさんもロシア国籍です。他は私も含めまして、パリで雇われたフランス人です」

「なるほど、確かにフランス人のフランス語ですな」

ソースの受け答えからは、敵意とか、悪意とかいうようなものは特段に感じられなかった。話しぶりは淡々として、ときに面倒くさげな、やっつけ加減なところもみえる。やはり、そうだ。念のために停止を命じただけなのだ。

「ええと、それで、まあ、疑うわけではないのですが、いちおう旅券を確かめさせてもらってよろしいですかな」

と、ソースは続けた。またも喜んでと、ルイは上着の隠しから取り出した。責任者の自覚から自分で携帯していたが、執事という立場で肌身離さずいたとしても、それはそれで奇妙な話ではないはずだった。

「これです」

「ご協力、感謝いたします」

旅券を受け取ると、それを開くこともしないで、ソースは一番に仲間のところまで戻った。皆で吟味するのだろうと見守ったが、男たちは外で立ち話を続ける気はないようだった。ぞろぞろ動いて、どこに行くのかと目で追うと、バリケードの隙間《すきま》を跨《また》ぐようにしながら、教会横の石門を抜けていった。

暗がりでよくはみえなかったが、一瞬だけ橙色《だいだいいろ》の明かりが広がり、また元の暗がりに戻る様子は確かめられたので、下り坂すぐの建物の扉を押したものと思われた。ああ、私たちの旅券は、それほど遠くに持ち去られたわけではない。

「大丈夫だよ」

そうした声を今度は馬車の内に投げて、ルイは家族を安心させようとした。

この警鐘の鳴らされ方にして当然ながら、もう皆が目を覚ましていた。幼い王子だけが寝起きの不機嫌で、トゥールゼル夫人を困らせていたが、あとは全員が緊迫した表情である。けれど、大丈夫だよ。ヴァレンヌの大騒ぎは私たちを捕えようとしたものじゃない。だから、このあたりの人々は兵隊の出没に神経を尖《とが》らせているのさ。まさかの事態に備えて、しっかり家には戸締りさせろ、男たちは武器を用意して、万が一に備えよと、そういう意味の警鐘なんだよ。

「私たちは該当しない。ただの旅行だとわかれば、すぐに解放してくれるよ」

そう言葉にしてから、ただの旅行という我ながらの言い方が、ひどくそぐわないような気がした。いや、ただの旅行にみせかけている、ただの旅行で通さなければならないと、そういう意味でいったのだ。あまりに苦しい言い訳だと、少なくとも余人に看破されるはずはないのだが……。

旅券検めは時間がかかった。その間も警鐘は止《や》まず、ヴァレンヌの住民は続々と起き出して、どんどん教会前に詰めてくる。停車している二台の馬車を発見しては、遠巻きながらも無遠慮そのものという態度で、じろじろ車内に目を凝らすような真似《まね》もする。

警戒せよとは強《し》いられながら、兵隊が屯《たむろ》しているでなく、盗賊が闊歩《かっぽ》しているでなく、見馴《みな》れない輩《やから》といえば、二台の馬車に分乗する一行だけだというのだから、それも無理からぬ話ではあった。

が、だからといって、こちらが愉快なわけではない。わけても女たちは気詰まりを強いられる。ルイとしても手を拱《こまね》いているわけにはいかなかった。ああ、ここは私の出番だろう。ああ、早く片づけてしまおう。だから、この私が自《みずか》ら出ていかないことには、なにごとも解決しやしないのだ。

午後十一時四十七分、ルイは再び馬車を降りた。

ソースらヴァレンヌの面々に倣《なら》いながら、荷車の押し手をよけ、飼葉桶《かいばおけ》を跨ぎして、バリケードの隙間を抜けると、すんでに梁《はり》に頭をぶつけそうなほど低い軒が続いていた。その「金色の腕」と読める看板は、やはり石門を抜けてすぐの、教会の裏手に隠れているような一軒だった。

酒場の類《たぐい》だろう。なるほど、男たちが集まるには都合よかろう。実際、まだ通りにいるうちから、数人が話している様子を窺《うかが》うことができた。

なかには声の大きな手合いもいるらしく、時々はっきり言葉になって響いてくる。助役はじめ、ヴァレンヌの主だった面々が一堂に会して、対応を協議するといったところだろう。

まさに働きかけるべき場所だ。

「もし、よろしいか」

ルイは戸口から声をかけた。立ち飲みの酒場で、ずんぐりした背中の群れも立ち話を余儀なくされていた。その男たちがこちらの呼びかけに一斉に振り返ったが、ただ一瞥《いちべつ》をくれただけだった。

「ああ、もう少し待ってくだされ」

ソースが答えた。それきりで話が再開され、輪のなかに迎えてくれる雰囲気はない。やはりというか、激しい言い争いになっていて、ちょっと割りこめる風でもなかった。とはいえ、外に出ていけ、馬車に戻れともいわれなかった。先回りして気を遣う質《たち》でもなければ、そのまま立ち尽くしたルイは、戸口で聞き耳を立てる格好になった。

24——協議

「ですから、なにも怪しいことなんかありませんよ」

助役のソースが仲間に向けて続けていた。ええ、なに特別なこともない長旅の一行です。時節柄と仰《おっしゃ》いますが、フランスの政治がどうの、亡命貴族がどうのも関係ありません。コルフ男爵夫人はロシアの方だそうですから、ええ、外国に出るというのは、むしろ当たり前の話なんです。

「無理にお引き止めする必要があるとは思えませんな」

「おいおい、馬車の言い分を、そのまま鵜呑《うの》みにするってのかい」

そう応じた男は、ひときわ声が大きかった。なるほど首が太い、がっしりした身体《からだ》つきだった。これが先刻から洩《も》れてきた大声の主なのだろうと察せられたが、と同時にルイは、あれと思わないでいられなかった。あれ、どこかでみたような……。

——これが騎馬の男だ。

外套《がいとう》を脱ぎ、また頬《ほお》の埃《ほこり》も拭《ぬぐ》われて、さっきとは別人のようだったが、二人づれの一人に違いないとルイは思った。

もう少し前の記憶が刺激されていた。ヴァレンヌに飛びこんできたときも、見覚えがあるような気がした。ほんの一瞬で、もとより暗闇《くらやみ》の話であれば、考えすぎだ、なにかの思い違いだと片づけかけたが、あながち自嘲《じちょう》できる話ではないようだ。

こうして明かりの下で、じっくり眺める段になっても、見覚えがある。赤銅色《しゃくどういろ》した日焼け顔といい、尊大な風さえ感じさせる力ある目つきといい、頑固そうな顎《あご》の角ばり方といい、その男の風貌《ふうぼう》は確かに見覚えあるものだったのだ。

「とすると、どこでみたのか」

こつこつ自分の頭を叩《たた》く気分ながら、さらに古い記憶をルイは容易に取り戻せなかった。

声の大きな男が続けていた。とにかく、このまま通すわけにゃあいかねえ。旅券の呈示も求めないで通したんだから、宿駅の管理者として職務怠慢だ、このまま逃げられちまったら、あんたの責任になるぞなんて、こちとらシャロンの宿駅長に脅《おど》されて来てんだ。

「それは、あなたとシャロンの宿駅長との間の話だ」

ソースは肩を竦《すく》めてみせた。それに、だったら、もう十分なのじゃないですかな。

「ほら、この通りで、今回は旅券も確かめられたことですし」

「ただ確かめればいいってもんじゃねえだろう」

「一七九一年六月五日付で、フランス王ルイ十六世、外務大臣モンモランと、きちんと正副の署名も入れられています」

「署名の真贋《しんがん》なんか、わかるもんかい」

「そんなケチのつけ方をされたら、旅券を確認するも、しないもなくなりますよ。いや、実際に怪しいところはないんです。馬車の人数もコルフ男爵夫人に、子供が二人、親戚《しんせき》の娘が一人、あとは雇い人で執事が一人、腰元が三人、従僕三人と、旅券に記載された通りでした。目的地を聞いてもフランクフルトと、旅券の内容通りに答えてくれましたしね」

「だから、そんなもの、信じられるかっていってんだい」

「やれやれ、ドルーエさんもわからない方ですな」

ソースの答えに、ルイは刹那《せつな》ドキとさせられた。ドルーエとは、これまた聞き覚えある名前だったからだ。が、どこで聞いた名前だろう。だから、この声の大きな男とは、全体どこで会ったというのだろう。そんなに昔の話ではないような気がするが……。というより、ごくごく最近に耳にした印象なのだが……。

思い出せないうちに、ソースが話を転じていた。骨折り損にしたくないという、ドルーエさんのお気持ちはわからないではありません。

「ええ、馬を飛ばしてこられて、それは大変な御苦労だったと思います。竜騎兵隊におられたんですか、とにかく軍隊経験があったからこそ、夜道でも駆けてこられたわけで、普通なら考えられない無茶な話ですからね。というのも、サント・ムヌーからとなると、このヴァレンヌまでは難所続きなわけですからね」

地名を出されて、今こそルイは思い出した。そうだ。サント・ムヌーの宿駅長だ。あの顔役然とした態度の大きな男。普段から自儘《じまま》を通して、それで咎《とが》められることもないのか、ろくろく検《あらた》めることなく、あっさり通過を許してくれた男。なるほど、職務怠慢と話に出たが、あれは確かに職務怠慢といえるだろう。

──しかし、今更どうして……。

ドルーエのことを思い出すほど、ルイは釈然としなかった。今にして目の色を変える理由がわからない。まさか俄《にわ》かに心を入れ替え、公僕としての職務を全《まっと》うしなければ気が済まなくなったわけでもあるまい。

もちろん、本人が申し立てているように、慌てた理由は怠慢を責められたからである。が、ドルーエを責めたシャロンの宿駅長にして、全体なにゆえの話なのか。コンデ大公の一味であると、本気で考えているというのか。それをみすみす逃がしてしまうとは、由々しき失態であると、あの街のジャコバン・クラブが騒いだのか。

「それでも、もう十分でしょう」

そう続けたとき、ソースは大きな欠伸《あくび》までした。ええ、旅券を確かめられたのだから十分ですよ。ロシア貴族の一行だと、はっきり身元も明らかになったんだから、こんな夜更けに、もう止《や》めにしましょうよ。

「ええ、戸口に執事のデュランさんも来られていることですし、この旅券を男爵夫人にお返しして、さっさと寝ることにしましょうよ」

説かれても、サント・ムヌーの宿駅長に引き下がる様子はなかった。それどころか、またしてもルイは、ドキと心臓を一打ちされた。俄かにこちらに向けられると、ドルーエの目はまるで睨《にら》みつけるようだった。だから、あの男のことなんだよ、厄介なことになるって、さっきから何度も警告してるのは。

「あれはフランス王ルイ十六世かもしれないんだ」

ルイはぐっと息を呑んだ。それきり吐き出すことさえできなかった。

聞き違いではない。それと仄《ほの》めかされたのでもなく、はっきりと名前が出された。

――正体が、ばれている。

が、なおルイには本当にできない気分があった。というのも、ばれるわけがない。亡命貴族かもしれない、コンデ大公かもしれないと、それがサント・ムヌーの騒ぎ方だったのだから、国王逃亡の事実など突き止められたはずがない。

「シャントリクスで王をみたって、そういう御者がいたんだ」

ドルーエが続けていた。ああ、お忍びの様子だったが、確かにシャントリクスによったそうだ。王とその家族が旅籠《はたご》で涼んでいったそうだ。その様子を自分の目でみたって御者が、別な馬車の御者に雇われてシャロンに来たんだ。さっそく酒場の話題にして、とっておきの特ダネくらいの軽い気分だったろうが、聞かされた宿駅長としては青くならずにおけなかったってわけさ。俺《おれ》さまのサント・ムヌーにも知らせないでは済まされなくなったわけさ。

「そういえば、こっちには兵隊が来てた。街の連中はコンデ大公の手下だとかなんとか騒いでいたが、この俺さまだけはピンと来たぜ。ああ、あいつら、正規の兵隊さ。ということは、国王の馬車を警護するために来てたのさ」

「けれど、その兵隊たちにいわせれば、国境の駐屯部隊のためにパリから軍資金が届けられる、その警護が目的だったわけなんでしょう」

「はん、そんなの出まかせに決まってらあ。ダンドワンとかなんとかいう将校を捕まえて、サント・ムヌーの獄に入れてきた。今頃は厳しい尋問に堪えかねて、きっと本当のところを白状しちまってるさ」

「けれど、その本当のところの白状を、ドルーエさん自身はまだ聞かれたわけではないんでしょう」

「大急ぎでサント・ムヌーを出たからな。一刻も早く捕まえろなんて、シャロンの宿駅長に急《せ》かされて、兵隊仲間のギョームと二人、このヴァレンヌに飛んできたわけだからな」

「でしたら、兵隊が来ていた真相については、確かな話が何もないことになりますな」

ソースとの間で押し問答が始まった。ええ、ええ、こういっては悪いが、ドルーエさん、あなたの物言いは、ことごとくが不確かなんです。シャロンの宿駅長を慌てさせた情報源からして、無責任な噂話《うわさばなし》にすぎないわけです。シャントリクスから来た御者が、陽気な法螺《ほら》を吹いたにすぎないのかもしれない。あるいは誰かをみたことは事実なのかもしれませんが、まったくの別人を陛下と見間違えた、あるいは陛下と思いこんだという話もないではないでしょう。

「旅券の署名じゃありませんが、それこそ陛下の御尊顔なんて、どうやって真贋を見分けられるというんです」

やりとりを見守りながら、ルイは周囲に気づかれないよう、静かに息を吐き出した。ふう、今度もなんとかやりすごせるかな。

25――自問

シャントリクスは失敗だった。

思えば、馬車に雇われる御者たちが方々で話を広めるという事態は、想定して想定できない危険ではなかった。無頓着《むとんちゃく》に流した報いがドルーエの追及なのだから、まさに弁解の余地のない失敗である。

が、他方では不用意にすぎたことが幸いしていた。それを伝聞されても、ソースのような常識家は、ありえない、かえって怪しいと考えるのが相場なのだ。

――だから、がんばってください。

ソースさん、がんばってください。ルイはヴァレンヌの助役を応援する気分だった。労せずして救われると思えば、当然のことだ。実際、もうドルーエは反論できないはずだ。ああ、こんな僻地《へきち》で国王の顔など見分けられるはずがないのだ。

ところが、ドルーエは折れなかった。しばし言葉がなかったのは、上着の隠しに手を入れて、なにかを取り出そうとしていたからだった。

それがみつかったらしく、つかつかと近づいてきた。ルイが目を凝らしたところ、その手に握られていたのは紙片、それも何か印刷された紙片のようだった。というか、もしや紙幣か。議会が発行を決めた、あのアッシニャ紙幣なのか。

――しまった。

と、ルイは思った。刹那に「五十」と数字がみえたからだ。額面五十リーヴルのアッシニャ紙幣には、フランス王ルイ十六世の肖像が印刷されているのだ。

「こうやってだ」

ドルーエは切りこんだ。アッシニャ紙幣の印刷面を、こちらの顔の高さに掲げて、左右に並べたうえでの宣告だった。陛下の似顔絵だ。みなよ、この男と瓜《うり》ふたつに、そっくりじゃねえか。

ソースはじめ、その場の全員が目を左右に行き来させて、絵に描かれた男とその場に立ち尽くす生身の人間を見比べた。

「いわれてみれば、確かに似てなくもないような……」

「はは、嫌だなあ。ソースさんまで、なにを仰《おっしゃ》るのです」

間違えておりませんな。御名前《おなまえ》はソースさんでよろしかったのですな。そうやって受けながら、ルイは参ったというような苦笑の相を工面した。

まさに絶体絶命である。内心が表に出ない質《たち》でよかったと、このときほど己《おの》が美点を得がたく感じたことはなかった。

その実は心臓が脈打つたび、勢いよく口から飛び出しそうだった。それを必死の思いで喉《のど》のところに留《とど》めながら、なお上辺は笑顔で苦る演技をしなければならないのだ。

「はは、はは、陛下に似ているなどと、畏《おそ》れ多い話です」

「しかし、デュランさん……」

食い下がられて、ルイは掌《てのひら》を突き出した。まってください。わかります。わかります。

「実をいえば、前にもいわれたことがあります。私自身はよくわからないのですが、ルイ十六世陛下とは確かに他人の空似といったところがあるようで、ええ、これまでも何度か、からかわれたことがあります」

恐らくは自然にみえたであろう演技も、とっさながらに拵《こしら》えた方便も、我ながら上出来だった。ああ、他人の空似という話はある。そういえば、そっくりさんという輩《やから》が、余興でヴェルサイユに連れてこられたことがあった。ああ、十分ありえる話だ。少なくとも、こんな辺鄙《へんぴ》な田舎《いなか》に王が足を運んでいるなどという、まさに突飛な事態よりは、遥かに信憑性《しんぴょうせい》が高く聞こえることだろう。ああ、依怙地《いこじ》に否定してかかるより、それで通したほうが利口だろう。

「本当に王じゃないのか」

と、ドルーエが割りこんだ。さらに近くアッシニャ紙幣を押しつけながら、それでも声には後退の色がみえた。えっ、どうなんだい、デュランさんとやら。嘘《うそ》をいったら、ひどいぜ。本当は王さまだったりしたら、俺《おれ》さまは絶対に許さねえぜ。

「王さまを相手に、どう許さないというのですか」

「そ、そりゃあ、おめえ……」

「私が本物の王さまだとしたら、あなたの無礼こそ許されないのじゃないですか」

ルイはいってみた。ドルーエの緑の瞳《ひとみ》が左右に細かく揺れていた。動揺したのだ。この男とて本物のフランス王なら畏れないわけではないのだ。

「冗談ですよ」

アッシニャ紙幣をやんわり払いのけながら、ルイは続けた。違います。フランスの王さまなんかであるはずがない。ええ、私なんかは一介の執事にすぎません。

「ですから、そのアッシニャ紙幣なんです」

「どういう意味だ」

「実は私も困っているんです。というのも、ルイ十六世に似ている、本当はルイ十六世なんじゃないかと、からかわれるようになったのは、そのアッシニャ紙幣が出回るようになってからなんです。つまり、私が似ているのは陛下御本人というより、その肖像画のほうなんです」

ルイは肩を竦《すく》めながら、まとめた。出来のよい肖像画ではないようですよ。直《じか》に陛下にお会いした向きによれば、私なんか騒ぐほど似ているわけではないそうですしね。

「ううむ、デュランさんの物言いには一理あるなあ」

ソースが勢いを取り戻した。うん、うん、突き詰めると、そういうことかもしれないなあ。

「デュランさん、ひとつ聞いてよろしいですかな。あなた方の旅行ですが、もしやシャントリクスを通ってきなさったんじゃないですか」

「いかにも、通ってきました」

「ほら、ドルーエさん」

ソースは目を移しながら、大きく手を叩いてみせた。つまりは、そういうことなんですよ。シャントリクスから来た御者も、そのアッシニャ紙幣と見比べて、デュランさんをルイ十六世陛下だと早合点したんですよ。その間違いが吹聴されて、誤解がさらなる誤解を招いたと。

「噂《うわさ》が噂に尾ひれをつけたと」

「そんなはずは……」

なお反論しかけて、ドルーエは口を噤《つぐ》んだ。

上辺の笑顔を守りながら、ルイは思う。決まりだな。なんとか誤魔化《ごまか》すことができたな。あとは旅券を返してもらうだけだ。バリケードを片づけてもらうだけだ。ヴァレンヌさえ出発できれば、もうブイエ将軍の懐のなかも同然なのだ。なにかの手違いにすぎないのだから、それこそ下町に降りさえすれば、すぐにも替え馬がみつかるだろう。ところが、である。仕切りなおしたソースが続けた言葉は、ルイが考えていたようなものではなかった。

「とにかく、今日はどうしようもありません」

いずれにせよ、町長は留守です。助役にすぎない私の一存では、なにも決めることができません。ソースが口に出したのは、責任逃れの理屈だった。

その重圧から逃れたいという心理は、そもそものドルーエからして同じだった。夜中の難所を恐れることなく、ヴァレンヌまで躍起に馬を飛ばしてこられたというのも、己が落度を問われる恐怖に比べれば、それくらい、なんでもないからなのだ。

ルイは少し驚いた。それから考えざるをえなくなった。

――これが市民《シトワヤン》というものか。

我こそ主権者であると高言してみたところで、社会のため、祖国のため、国民のため、自らを積極的に犠牲にしようとするではない。本質的に怠惰で流されやすい輩が、常ならずも目の色を変えて本気になるのは、前向きに困難を克服しようとするのではなく、ただ後ろ向きに嫌なことから逃げようとするときのみだ。

――が、それをいうなら、この私からして……。

逃げようとしていたことになるのか、とルイは初めて自問した。

いや、パリから逃亡するといって、はっきりと意図があり、また目的があるというなら、その本質は逃げではない。けれども、こたびのモンメディ行きには、なにかあるのか。パリの革命という困難から、ただ逃げようとしただけではないのか。

――この国の王ともあろう男が……。

というわけですから、とにかく明日の朝にいたしましょう。ええ、今日は休みましょう。ええ、ええ、こんな夜も遅くては、なにを、どうすることもできない。ルイが自身の考えに捕われた間にも、ソースは続けたようだった。

ハッとしながら、ルイは割りこんだ。ちょっ、ちょっ、ちょっと待ってください。

「明日と申されましたか。いや、手前どもは急ぎの旅なものですから、できるだけ早く出発を許可していただきたいのですが」

「ううん、お気持ちはわかりますが、デュランさん。宿駅長でなく、町長でさえない私の立場では、許すも、許さないも、手に余るというわけで……」

「しかし、ですな、ソースさん。明日といって、私どもは全体どうすればよいというのですか。窮屈な馬車に押しこめられたままで、夜を明かせというのですか」

「できませんか。旅を続けることを思えば、できないこともないでしょう」

「けれど、それだと……、なんと申しますか……」

「コルフ男爵夫人に叱《しか》られてしまうというわけですか。ううん、そうですな、わかりました。それでは拙宅においでください。狭いところで、まことに恐縮なのですが、夜露くらいは凌《しの》げましょう」

「いや、御謙遜《ごけんそん》を」

いや、ありがとうございます、とルイは謝意を述べた。

あるいは述べるしかなかったというべきか。味方になってくれそうな相手の親切は、おいそれとは断れないものだった。

26――ソースの家

いったんサン・ジャングー教会の前庭に戻り、ルイは家族を馬車から降ろした。同道の男女を皆伴い、大人ひとり分の幅だけ片づけられたバリケードを潜《くぐ》ると、再びラ・バス・クール通りを下ることになった。

例の「金色の腕」をすぎて、さらに舗装の丸石を踏み続けると、こちらになりますと左手を示された。畏《かしこ》まる兵隊を思わせながら、すっと上に長い感じで建っていたのは、柱と柱の間を壁土で埋める工法、いわゆる壁木《かべぎ》建築の二階家だった。

――来てしまった。

と、ルイは心に呻《うめ》いていた。ヴァレンヌの助役ソースに招かれるまま、来てしまった。すぐにも出発したいというのに、来てしまった。

――まあ、いくらか休憩しなさいという、神の計らいなのかもしれない。

ルイは前向きに考えることにした。一刻も早く出発しなければならない。出発を許してもらえるよう、これからの話を巧みに誘導しなければならない。それは変わらないのだが、だからといって、早く、早くと、やたらと焦ったとして、活路が開かれるわけでもない。

「本当に狭いところで……」

手招きしながら、ソースが繰り返していた。

「いえ、御厄介になります」

世馴《よな》れた執事として、ルイは答えた。土台が恐縮されたところで、まだ屋内は暗くて、狭いも狭くないもわからなかった。ソースに手燭《てしょく》を翳《かざ》されて、最初に覗《のぞ》きみえたのが大きな柱時計で、長短の針は午前零時二十三分を指していた。

――本当は二十分ちょうど。

自分の懐中時計を確かめて、三分くらいの進みなら上出来だと呑気《のんき》な感想を抱《いだ》いているうち、ルイは愕然《がくぜん》とさせられた。

――本当に狭い。

いざ明かりを灯《とも》されても、どこを、どう進んでよいのか、わからなかった。片側に棚があり、もう片側には無数の木箱が積まれていた。すいすい間を抜けて、ソースは奥に進んでいくのだが、どうやって追いかけていいのか、ルイにはわからなかったのだ。

――この私でも通れるのか。

ルイは顎《あご》を引いた。つっかえないかと、自分の腹の贅肉《ぜいにく》に問いかけるほど、信じられない思いは強まる。というのも、果たして人間というものは、こんな窮屈なところに押しこめられるべきなのか。ベルリン馬車の車室のほうが、まだしも、ゆったりしているくらいじゃないか。

いや、これが庶民の住まいなのかもしれないと思い返して、ルイは刹那《せつな》に覚えた抵抗感を退けた。ああ、これくらいで閉口しては、うまくない。宮殿しか知らないフランス王でなく、世馴れた執事で通さなければならないのだから、戸惑う素ぶりはみせられない。

無表情のまま、ルイは少し頭を下げた。でなければ通れないほど、玄関の造りも小さかった。もちろん、それに不服をいうつもりはない。ただ王妃や王妹、それに子供たちまでが、こんなところに押しこめられるのかと思えば、なんだか家族を侮辱されているようで、やはり不愉快な印象は拭《ぬぐ》えなかった。

――それに、なにか臭《にお》う。

なんだろうと思いながら、ルイは腹をすぼめ加減で歩き続けた。よくよく観察を進めると、ソースの家は下階が店舗の構えだった。

町の助役とはいえ、それも名誉職、でなくとも副業にすぎないらしい。別に営んでいた本業は、はじめは食料品店なのだと思われた。一番に目を惹《ひ》かれたところ、ハムを薄切りにする機械の台に、塊《かたまり》が置きっ放しになっていたからだ。が、さらに奥に進んでいくと、棚に無数の仕切りが並んで、そこに大小いろいろの蠟《ろう》燭《そく》が陳列されていた。

──この臭いだったか。

ソースの家は蠟燭の商いが本業で、片手間に食料も扱うようになったと、そんなところに思われた。とりあえず、ルイは息を抜くことができた。

店舗とするなら、この狭さも頷《うなず》けないではなかった。さっと来て、所用を済ませて、さっと帰るだけならば、狭いと文句をいう輩《やから》もいないのだ。

──ああ、休憩というのは、この場所ではない。

実際、ソースは上階を示した。あちらでお休みになれます。そうして案内されてみると、これは梯子《はしご》というべきか。それとも、これで階段なのか。

ルイは少し思案した。みたこともないほど急勾配《きゅうこうばい》の角度で、縦にも横にも狭い、いかにも頼りなげな板が、段々で上まで連なっていた。仮に階段だとしても、やはり梯子のように左右の手も使って、攀《よ》じ上らなければならないのか。

そんなことを考えているうちに、ソースが手本を示してくれた。天井から一本の縄が下がり、それを手繰《たぐ》りながら上るという仕組みのようだった。

なんとか二階に上がると、先んじていたソースが内儀と思《おぼ》しき女と話していた。やはり小柄な女で、くたびれた顔をみなければ、子供とも早合点してしまうほどだ。そんなこといったって、うちには余計な寝台なんかないよ。いや、ただ休みたいということなんだ。お嬢ちゃん方は眠いかもしれないが、少なくとも大人のほうは休憩だけさ。夫婦で話がついたらしい。ソースは晴れやかな顔で手招きした。

「さあ、どうぞ」

上階も最初は居場所もみつからない部屋だった。店舗でなくとも、今度は倉庫という感じで、あちらこちら無造作に木箱が重ねられていた。臭いから察するに、蠟燭の在庫だ。なるほど、もうひとつ奥に部屋があり、そこにソースは案内してくれた。

「御子《おこ》さんを寝かせるんでしたら、ここの寝台を使ってくださいな」

「御気遣い、痛みいります。それでは、さあ、ロシェ夫人」

そうルイが声をかけると、マリー・アントワネットが下の子を抱いてきた。もごもご喋《しゃべ》るも寝ぼけているだけで、まだ息子は完全に起きてはいなかった。寝台に横にさせれば、すぐまた眠りに落ちるだろう。

――ただ寝具が……。

清潔なものは望めない。せめて不潔でないようにと、ルイは祈る気分だった。あれで潔癖なところがあり、王妃が嫌がるのではないかと恐れたのだ。

が、マリー・アントワネットは騒がなかった。まだ女装を解かない息子を上手に騙《だま》しながら、すんなり布団に入らせていた。トゥールゼル夫人だけがソースの内儀を捕まえて、替えの敷布はないのかと質《ただ》していた。厚顔な求め方もコルフ男爵夫人の態度としては不自然でなかったが、替えの敷布のほうは急には用意できないと断られた。

「まあ、仕方あるまい」

そう呻いて、ルイは歩を進めようとした。さらに奥があると考えたからだが、暗がりのどこを探しても、新たな部屋に通じる扉はみつからなかった。かわりに探りあてた鎧戸《よろいど》を開いてみても、夜空に迎えられるばかりだった。目を落としても、月明かりで小さな庭がみえるだけで、もう建物は終わりということらしかった。

「あちらに」

暗がりから現れた嗄《しわが》れ声に、ルイは胸を衝《つ》かれた。あたりを見回して、誰もいないと思いきや、眼下で腰の曲がった老婆《ろうば》が、ごそごそと動いていた。寝ていたソースの老母まで、起こしてしまったらしかった。

老婆は隣室に向かった。蠟燭の在庫が置かれた、さっきの倉庫である。

「ええ、デュランさんも、こちらへどうぞ。まずは、ゆっくりしてください」

ソースの声も向こうの部屋からだった。やはり、そこなのか。休憩のために提供してくれるというのは、そんな倉庫のような場所なのか。

――窮屈なんてものじゃない。

二トワーズ（約四メートル）四方もないような部屋に、ぜんたい何人が詰め込まれたろうか。燭台に火が揺れて、なお闇《やみ》が幅を利かせていた。うまく明かりが広がらないほど、多くの物が入れられた場所に、さらに多くの人が踏み入ったということであり、家族は洩《も》れなく来ているかと、そのことを確かめるだけでも、ルイは目を凝らさなければならなかった。

養育係の三夫人と、王女マリー・テレーズ、王妹エリザベートは、壁際の長椅子《ながいす》に並んでいた。護衛の三人は丸椅子を占めた。さらに小さな卓があり、やはり積まれていた木箱が片づけられて、早速に葡萄酒《ぶどうしゅ》の杯とパンなどが運ばれていた。そこにも椅子が据えられていたが、遅れてきたルイはといえば、かろうじてみつけた隙間《すきま》に立ち続けるばかりだった。

――いったん腰を下ろしてしまったら……。

また立つのに難儀しそうだ。あちらこちらについた贅肉に邪魔されて、どこかに身体《からだ》をぶつけるか、姿勢を不自然にしならせるかしないと、うまくは立ち上がれないに違いない。そのことを思えば億劫《おっくう》で、ルイは座る気になれなかった。

27――誘惑

ほつれ髪を手で直す仕種《しぐさ》がみえた。

「疲れてはおりませんか」

と、ルイは王妃に小声で尋ねた。いえ、わたくしなら大丈夫です。マリー・アントワネットも小声で答えたが、やりとりに夫婦らしい呼吸があったのではないかと、いくらか周囲を気にしないでもなかった。

まあ、勘繰られる心配はなさそうだった。マリー・アントワネットも立ち続けだったが、それも子供を寝かしに隣室まで進み、それから遅れて入室した、ルイと同じ流れだったからだ。もちろん、こちらと同じに肥満に悩むわけではなかったが、なんとなく座りそびれる気持ちは、傍目《はため》にも察せないものではなかったろう。

――ヴァレンヌの面々まで詰めかけたのだから。

暗がりに観察を続けると、四人から五人はいるようだった。

こうなると、狭苦しいことの不愉快より、床が抜けないものかと心配が先に立つ。世辞にも豪邸とはいえない屋敷だ。頑丈な石造りの建物でもない。材質は悪くないとはいえ、木造で、しかも歩くたびに床が軋《きし》むような古さなのだ。

――これで、どうやって、ゆっくりしろというのだ。

無体に凄《すご》んで、ソースの親切心にケチをつけようとは思わないものの、さすがのルイも気が利かなさには苦言したい気分だった。というのも、これでは心やすく寛《くつろ》げるわけがないではないか。せめて静かにしてほしいものではないか。

「ったく、ヴァレンヌには呆《あき》れるぜ」

なにもかも行き届かねえ。そう声を上げていたのは、ドルーエだった。

サント・ムヌーの宿駅長も、ソースの家までついてきた。どうして来たのか、どうして来るのを許されたのか、そのあたりの事情からして詳《つまび》らかでなかったが、さらに釈然としないのは、さっき酒場で失速した勢いを再び取り戻していたことだった。

「だから、臭《くせ》えんだよ。どう考えたって、臭えんだよ」

ドルーエは不敬にも指までさした。もちろん蠟燭《ろうそく》の在庫にではない。ああ、このデュランて男ときたら、やっぱり似てるぜ。そっくりなのは本当にアッシニャ紙幣のルイ十六世だけなのかい。本物を並べてみても、実は瓜《うり》ふたつなんじゃないのかい。

――並べられる本物が他にいるなら、その時点で私は偽物ではないか。

そうした反駁《はんばく》を、もちろんルイは声には出さなかった。あえて凹《へこ》ましてやる意味があるようにも思われなかったし、下手《へた》に口論に及んで大きな声を出したあげくに、隣室で寝ている息子を起こしたくもなかった。

——でなくとも、少し疲れたかな。

妻を案じる以前に、私のほうが疲れたかな。そう自問が湧《わ》いたというのも、手足の先のほうがだるく感じられたからだった。一時的なものにせよ、気力まで減退したようだ。でなくとも、先刻まで緊迫続きだった時間が、ソースの家に場所を変えたせいで、なんだか間延びした印象になったことは否《いな》めなかった。

してみると、なお元気なドルーエは、いよいよ歯痒《はがゆ》く感じられた。いや、やはり厄介な相手だと、気持ちを引き締めてかかるべきか。

恐らくは、たっぷり朝まで時間が与えられていると思うのだろう。その余裕から、唱える理屈が冷静になっていた。ああ、だから、まったく行き届かねえ。

「本物をみたって人間がいれば、もう一発なんだ」

それが話を蒸し返すために持ち出した、新たな活路であるらしかった。

「だから、呆れちまうってんだ。ヴァレンヌときたら、ヴェルサイユを知る人間が、ただのひとりもいねえっていうんだからよ」

「おいおい、ずいぶん馬鹿にしてくれるじゃないか」

調子に乗るなよ、サント・ムヌーの。受けたのは、名前も知らない男だった。恐らくはヴァレンヌの名士のひとりだろう。同じく土地の人間と思しき、また別な男が後を続けた。

「デステさんなら、わかるんじゃねえか」

「判事さんか。ああ、あの判事さんなら、王さまのことも自分の目でみているだろうな」

「なんだい、なんだい、いるのかよ、誰か」

「ああ、いるんだ、ドルーエさん。ヴァレンヌの判事にジャック・デステって男がいてな、これが若い時分には確かにヴェルサイユに出入りしてたのさ」

「嘘《うそ》じゃねえぜ。女房ってえのも、王妃の食卓係を務めた女だ」

「だったら、連れてきてくれや」

ドルーエは挑発するかの口ぶりだった。まんまと乗せられる格好で、実際に何人か動き出そうとしたのだが、それを止めたのが家の主人のソースだった。いや、よしなさい。あんたがた、今から熱くならなくたっていいじゃありませんか。

「いずれにせよ、明日にしましょう。今日は寝てしまいましょう。デステさんだって、まだ寝てるに決まっています」

「いや、起きてるだろう。この騒ぎなんだからな」

切り返したドルーエは、少なくとも嘘をいったわけではなかった。

いくらか遠くなったとはいえ、教会の鐘は今も鳴らされ続けていた。これから起き出す人間がいるとしても、これから寝ようという人間はいない。寒さに凍える季節でもないならば、どんどん表に繰り出しもする。騒然たる気配については、この薄暗い室内にいても疑いようがなかった。

「わかりました」

と、ソースも認めた。ええ、それなら行ってみなさいな。ただ、訪《おとな》いを入れて、起きていたらですよ。無理に起こしてまで、連れてくることはありませんよ。

ジャック・デステが呼びにやられた。やれやれ、一難去って、また一難か。

やはりというか、ぼんやり寛いでいるわけにはいかないようだった。王妃が不安げな目を向けてきた。それを小さな頷《うなず》きで宥《なだ》めてから、またルイは家長の責任感から考え始めた。

――ヴェルサイユに出入りしていたといっても色々だ。

ジャック・デステという名前に覚えはなかった。ヴァレンヌのような田舎町《いなかまち》の、しがない判事にすぎない現況から判断しても、親しい近臣だったわけではないだろう。

もちろん、こちらが覚えていなくても、こちらの顔を勝手に眺めて、しっかり記憶している輩《やから》は珍しくない。フランスの王たるもの、むしろ圧倒的な多数に目撃される定めだ。

——とはいえ、その記憶というのも、また色々だろう。

ヴェルサイユを二、三度訪ねた程度であれば、恐らくは遠くから拝謁したにすぎず、したがって記憶も曖昧《あいまい》である。他人の空似ですよで、なお白を切り通すことができるだろう。

触れこみ通りに、デステがヴェルサイユに出入りしていた、つまりは日常的に出入りを繰り返していたとすれば、さすがに話は厄介になる。デステの名前は覚えていなくとも、いざ対面した瞬間に、ああ、デステとはこの男のことだったのかと、こちらが思い出すようならば、あちらの記憶も相当しっかりしたものと覚悟せざるをえない。

——そのときは、もう誤魔化《ごまか》せない。

かかる前提で、ルイはさらなる自問を重ねた。他人の空似で押しきれないとすれば、こちらが頑《かたく》なに認めなくても、嫌疑は濃くなる。当然ながら、解放されない。ルイ十六世なのではないかと、疑いなりともあるうちは、決して出発は許されない。この夜明け前に馬車を進発させるどころか、明日の朝を迎えても……。ヴァレンヌの町長が戻っても……。

——できるとすれば……。

思いつくのは、ひとつの方法だけだった。あるいは再び誘惑に駆られ始めたというべきか。判事デステの到着を待つ間にも、ルイは心に呟《つぶや》かずにはいられなかった。

――いっそ正体を明かしてしまうべきではないのか。

いかにも、朕《ちん》こそルイ十六世であると、宣言するべきではないのか。なにせ、これまでの旅で得られた感触は悪くなかったのだ。

国王の権威は地方においては、少しも失墜していなかった。それどころか、国父としての声望は僅《わず》かも揺るがず、むしろ不敬なパリのほうが異常と思えるくらいだった。

――このヴァレンヌが例外だとも思えない。

善良で、そのかわりに小心なソースなどは、たちまち遜《へりくだ》るに違いない。その家に詰めている他の名士連とて、助役に右にならえになるだろう。問題はドルーエだが、その地元であるサント・ムヌーが例外だったとも思われない。傲慢《ごうまん》な宿駅長にして、本物のフランス王とわかったあとに、全体どこまで強硬な態度を取り続けられるものか。

――であるならば……。

やはり明かすべきではないか。朕こそフランス王ルイ十六世であると宣言して、堂々たる威厳をもち命令を下すべきではないのか。今すぐ旅券を戻したまえと。大急ぎで馬車の準備を済ませたまえと。ああ、我々は出発を急がなければならないのだからと。そこまで考えてから、ルイは懐中時計を確かめた。

午前零時四十一分、ジャック・デステが助役の家にやってきた。判事という権威ある仕事柄か、あるいは勾配《こうばい》のきつい階段を上らされて、息切れを強《し》いられたからか、はじめは明らかに不機嫌そうだった。いや、なんです、なんです、ソース殿。誰を見分けてほしいですと。国王陛下を見分けてほしいですと。

「こんな田舎町で、そんな馬鹿な話がありますか」

「いいから、あんた、デステさんだっけ、とにかく、よく見てくれや」

受けたのは呼びかけられた助役でなく、劣らず態度が大きいドルーエのほうだった。自《みずか》ら進んで戸口に迎えると、いきなり判事の腕をつかんで、強引に引いてくることまでした。ああ、この男だ。コルフ男爵夫人に雇われてる、デュランて名前の執事だなんていってるんだが、本当のところは……。

「えっ、えええ」

「な、なんだよ、デステさん」

「これは陛下……」

悲鳴さながらの声だった。刹那に絶句するや、デステは跳ぶようにして、ひょんと戸口まで退いた。なお数ピエしか離れていないが、その場の床にすとんと両の膝《ひざ》を落とし、とにもかくにも畏《かしこ》まる姿勢だった。陛下、おお、ああ、陛下、いえ、あの、フランス王ルイ十六世陛下におかれましては、今宵《こよい》もご機嫌うるわしゅう。

28——宣言

鳴らされ続ける鐘の音だけが聞こえていた。

まだ鳴らしていたのかと、今さら気づいて、ルイは少し苛々《いらいら》した。

つまりは沈黙が流れた。ソースの家は皆が息を呑《の》む体《てい》だった。

「本当なのかね、判事さん」

おずおずと、ソースが始めた。容易に本当にできないらしく、こちらにも確かめてくる。本当なんですか、デュランさん。

得意の無表情に助けられるまま、そのうえにルイは笑顔まで拵《こしら》えた。嫌だなあ、ソースさん。演技に取りかかると、さっきよりは努力を要する作業だった。

「ですから、お呼びの通りに私はデュランなんですよ。国王陛下だなんて、とんでもない。コルフ男爵夫人の雇われ人にすぎないんですよ」

「雇われ人だなんて、畏《おそ》れ多い話です。いや、まったく、畏れ多い。だから、助役殿、あんた、さっきから頭《ず》が高いんですよ」

デステに割りこまれると、ソースの畏《かしこ》まり方も、いよいよ一通りでなくなった。先刻までの和らいだ空気はどこへやら、今にも泣き出しそうな表情は、自分の家にいるというのに居場所がないかの趣だった。

あてられて、居合わせた面々も、どんどん顔を強張《こわば》らせていく。なお強がってみせながら、それはドルーエも例外でなかった。

「間違いじゃねえんだな、デステさんとやら。本当に畏れ多いんだな」

そう確かめる最中も、サント・ムヌーの宿駅長は膝《ひざ》を震わせていた。許されざる非礼を働いたかもしれないと、前にも感じた恐れが今再び倍加したということだろう。ああ、首を傾《かし》げるような話ではない。やはり王は国父として、今も敬われ続けているのだ。

「嫌だなあ、他人の空似ですよ」

なお慎重に構えながら、ルイはおとぼけ演技を繰り返した。それで切り抜けることも、できなくはなさそうだった。ヴァレンヌの判事デステだが、その梟《ふくろう》に似た顔に覚えがなかったからだ。

恐らくは親しく言葉を交わすような間柄ではない。遠くから眺めていただけの大勢のひとりにすぎない。しかも、もう薄くなった髪も白い、本当の老人なのだ。

震える声で、ドルーエが続けていた。なあ、判事さん、もういっぺんだけ確かめさせてもらうが、そっくりさんなんかじゃねえんだな。

「こちらのデュランさんが仰《おっしゃ》るには、他人の空似は認めるが、むしろ似ているのはアッシニャ紙幣のルイ十六世画のほうだというんだが、そうじゃないんだな。確かに本人のほうに、そっくりなんだな。というか、陛下御本人で間違いないんだな」

「いや、まて、そういわれると……」

デステは眉間《みけん》に皺《しわ》を寄せた。床に落としていた膝を浮かし、おもむろに立ち上がると、つかつかと歩みを寄せて、今度は不躾《ぶしつけ》なくらいの凝視だった。いや、まてよ、まてよ。他人の空似といわれると、それだけのような気もしないではないな。なにせ私がヴェルサイユに出入りしていたのは、ずいぶん若い時分の話だったもんでね。まだ陛下は即位なされたばっかりで、そうさなあ、二十歳を超えられて、まだ間もなかったのかなあ。

「あのときの青年王が歳《とし》を取れば、こんな感じだろうと、さっきは疑わなかったわけだが、なにしろ最近の陛下をみたわけではないのでね」

ううん、やはり他人の空似だろうか。ううん、こんな田舎町《いなかまち》に陛下がおられるわけもないし。デステが口籠《くちご》る間にも、部屋の空気が弛《ゆる》んでいた。一度は緊張に捕われているだけに、解放された安堵感《あんどかん》は誰にとっても小さくないようだった。

今なら働きかけられるか、とルイは考えた。もう止《や》めにしましょうと。ルイ十六世なわけがないじゃないですかと。お互い、こんな馬鹿げた話で時間を無駄にすることはないじゃないですかと。ところで、そろそろ旅券を返してもらえると嬉《うれ》しいのですがと。

よし、とルイが切り出す言葉を工面しようとしたときだった。一瞬早くソースが仕切りなおしてしまった。いずれにせよ、結論を急ぐことはありますまい。

「明日にしましょう。とにかく、明日にしましょう。ええ、町長が帰ってこないことには、なにも始まらないんです」

またか、とルイは辟易《へきえき》した。つきあってはいられない。目の前の男がルイ十六世であろうがなかろうが関係ない。ソース助役にしてみれば、事の責任を町長に転嫁することが、なによりの優先事項なのだ。

「それでもソースさん、これだけ馬鹿げた話なんですよ。町長さんを煩《わずら》わすまでもないのじゃありませんか」

「かもしれませんが、デュランさん、実はヴァレンヌの町長というのが、なにから、なにまで、自分で決裁したいという手合いでしてね」

「そうですか」

「ええ、どうでも明日ということですな」

「町長は、いつ戻られますか」

「ですから、明日です」

「ええ、ええ、明日でしょうけれど、明日の何時くらいかと」

「さあ、正確に何時とは」

「午前中ですか。それとも午後になってしまいますか」

「ですから、わかりません。ただ明日としか聞かされておりませんので」

申し訳ありませんなあと結んで、ソースに悪意というものは皆無だった。が、それだけに、いっそう厄介だというべきか。指先だけで懐中時計を探りあてると、ルイは文字盤をちらと覗いた。

午前一時三分、すでに出発から二十四時間以上が経過していた。

——窮したな。

と、ルイは心のなかで呻《うめ》いた。パリからの追手のことも切実な脅威として、そろそろ考えなければならないようだった。

パリを出たのは六月二十一日の午前零時すぎ。テュイルリ宮から国王一家の姿が消えていることが発覚するのが、王の起床時刻と決められている午前七時。

それから大騒ぎになって、ラ・ファイエットなり、バイイなり、憲法制定国民議会の議長なりに伝えられるのが七時半。その先は主だった面々だけで指名手配を即決するか、それとも議員全員で対応を協議するかで分かれるが、最速の場合を想定すると、議会が追手を発するのが八時。

つまりルイと家族は、少なくとも八時間分は旅程を先行していることになる。

議会にとっては、こちらの進路を特定するのも容易でない。四方八方、とにかく王の逃亡が疑われる先なら、どこでも追手を差し向けることになるだろうから、シャンパーニュ横断の進路も見過ごされまいが、最終目的地がモンメディとまでは突き止められない。仮に突き止められたとしても、シャロンから先のクレルモン・アン・アルゴンヌ、ヴァレンヌ・アン・アルゴンヌと経る裏道となると、さらに手こずることになる。

——十時間は先行している。

と、ルイは見積もりを立てた。とすると、どうなるか。

こちらがヴァレンヌに到着したのは、二十一日の午後十一時。パリからの追手が到着するのは、早ければ二十二日の午前九時である。

——いや、待て。

私たちは道中でも、ずいぶん時間を無駄にしている。路傍の森で休憩したり、宿駅の宿屋で涼んでみたり、あげくは衝突事故に見舞われて、馬車の修理に一時間もかけたり。その全てを省いて、無駄なく旅程を詰められたなら、追手の到着は二時間は早い。やはり八時間の先行でしかなく、もう午前七時には到着するかもしれない。

——あるいは、もっと早くか。

宿駅といえば、シャントリクスでは正体がばれている。居合わせた御者が各地に目撃情報を広めていれば、意外や進路の特定は早いかもしれない。国王一家に間違いないという確信が持てないからと、それで追跡が断念されるとも思えない。逆に少しでも可能性があるならばと、馬を飛ばすに違いない。

馬といえば、パリからの追手は大きな馬車など用いないはずだった。それぞれが馬鞍《うまくら》に跨《また》がり、軽快な疾駆で飛ばしてくる。いうまでもなく、馬車より速い。それやこれや考えると、彼奴等《きゃつら》の到着はさらに二時間早く計算されるべきか。

――午前五時には来るというのか。

そうまで考えを煮詰めてから、ルイは自嘲《じちょう》に傾いた。最悪の場合ばかり考えても仕方ない。夜明けとともに到着する可能性がないではないとして、そればかり頭に置いて焦りに焦り、愚かな拙速に陥るようでは元も子もない。

――追手など送らなかったろうと、そういう油断も許されないとして……。

議会が指名手配をかけたことは確実だった。執行権の長、官憲の最高権力者である国王を、逮捕するも逮捕しないもないようなものだが、なんといってもパリは不敬な街なのだ。国王に注がれるべき敬意など、不遜《ふそん》にも放念してしまっているのだ。

「地方は違う。まだ王は敬われ、また畏れられている」

すでにしてルイは、ぶつぶつ声に出していた。朝一番ではないにしろ、このヴァレンヌに追手は必ず到着する。昼食をとりながら、ゆっくり町長の帰りを待つというような真似《まね》はできない。

「どうかしましたか、デュランさん」

ソースに声をかけられて、ルイは顔を上げた。相手の瞳《ひとみ》のなかには、やはり畏怖《いふ》と敬意がみえた。もしやと思うせいだろう。本物ならばと再び不安に駆られたのだろう。

「いや、ああ、そうだ」

「なにが、そうなのです」

「私こそ諸君らの王である」

と、ルイは認めた。ああ、朕《ちん》はフランス王ルイ十六世である。ここに連れてきたのも王妃と家族である。君たちには、これまでフランス人たる者がその王に向けてきたのと同じ敬意で、私たちのことも遇してほしいと別して願う。

再びの沈黙が流れた。いくらか唐突だったせいか、ルイの宣言が理解されるまで多少の時間がかかった。が、いったん咀嚼《そしやく》されてしまえば、与える衝撃は小さくないのだ。

聞こえたのは衣擦《きぬず》れの音だった。歩みを寄せるや、ルイの足元に身を投げ出し、その靴先に唇をあてたのは、小さく萎《しぼ》んでしまったような老婆だった。ああ、陛下、身に余る光栄でございます。ああ、お会いできるなんて、もう思い残すこともありません。

「ええ、神さま、もう本当に、お迎えにきていただいても……」

聞けば齢《よわい》九十歳を超えるソースの老母は、「太陽王」と呼ばれながら、ヨーロッパ全土に覇を唱えた先々代のフランス王、ルイ十四世の御代《みよ》の生まれということだった。

主要参考文献

・J・Ch・プティフィス『ルイ十六世』（上下）小倉孝誠監修　玉田敦子／橋本順一／坂口哲啓／真部清孝訳　中央公論新社　2008年
・J・ミシュレ『フランス革命史』（上下）桑原武夫／多田道太郎／樋口謹一訳　中公文庫　2006年
・R・ダーントン『革命前夜の地下出版』関根素子／二宮宏之訳　岩波書店　2000年
・R・シャルチエ『フランス革命の文化的起源』松浦義弘訳　岩波書店　1999年
・G・ルフェーヴル『1789年―フランス革命序論』高橋幸八郎／柴田三千雄／遅塚忠躬訳　岩波文庫　1998年
・G・ルフェーブル『フランス革命と農民』柴田三千雄訳　未来社　1956年
・S・シャーマ『フランス革命の主役たち』（上中下）栩木泰訳　中央公論社　1994年
・F・ブリュシュ／S・リアル／J・テュラール『フランス革命史』國府田武訳　白水社文庫クセジュ　1992年
・M・ヴォヴェル『フランス革命と教会』谷川稔／田中正人／天野知恵子／平野千果子訳　人文書院　1992年
・B・ディディエ『フランス革命の文学』小西嘉幸訳　白水社文庫クセジュ　1991年
・E・バーク『フランス革命の省察』半澤孝麿訳　みすず書房　1989年
・J・スタロバンスキー『フランス革命と芸術』井上堯裕訳　法政大学出版局　1989

年
・G・セレブリャコワ『フランス革命期の女たち』（上下）西本昭治訳　岩波新書　1973年
・スタール夫人『フランス革命文明論』（第1巻〜第3巻）井伊玄太郎訳　雄松堂出版　1993年
・A・ソブール『フランス革命と民衆』井上幸治監訳　新評論　1983年
・A・ソブール『フランス革命』（上下）小場瀬卓三／渡辺淳訳　岩波新書　1953年
・G・リューデ『フランス革命と群衆』前川貞次郎／野口名隆／服部春彦訳　ミネルヴァ書房　1963年
・A・マチエ『フランス大革命』（上中下）ねづまさし／市原豊太訳　岩波文庫　1958〜1959年
・J・M・トムソン『ロベスピエールとフランス革命』樋口謹一訳　岩波新書　1955年
・安達正勝『物語　フランス革命』中公新書　2008年
・野々垣友枝『1789年　フランス革命論』大学教育出版　2001年
・河野健二『フランス革命の思想と行動』岩波書店　1995年
・河野健二／樋口謹一『世界の歴史15　フランス革命』河出文庫　1989年
・河野健二『フランス革命二〇〇年』朝日選書　1987年
・河野健二『フランス革命小史』岩波新書　1959年
・柴田三千雄『フランス革命』岩波書店　1989年
・柴田三千雄『パリのフランス革命』東京大学出版会　1988年

・芝生瑞和『図説　フランス革命』河出書房新社　１９８９年
・多木浩二『絵で見るフランス革命』岩波新書　１９８９年
・川島ルミ子『フランス革命秘話』大修館書店　１９８９年
・田村秀夫『フランス革命』中央大学出版部　１９７６年
・前川貞次郎『フランス革命史研究』創文社　１９５６年

◇

・Anderson, J.M., *Daily life during the French revolution*, Westport, 2007.
・Andress, D., *French society in revolution*, 1789–1799, Manchester, 1999.
・Andress, D., *The French revolution and the people*, London, 2004.
・Artarit, J., *Robespierre*, Paris, 2009.
・Bailly, J.S., *Mémoires*, T.1–T.3, Paris, 2004–2005.
・Bessand-Massenet, P., *Femmes sous la Révolution*, Paris, 2005.
・Bessand-Massenet, P., *Robespierre: L'homme et l'idée*, Paris, 2001.
・Bonn, G., *Camille Desmoulins ou la plume de la liberté*, Paris, 2006.
・Carrot, G., *La garde nationale*, 1789–1871, Paris, 2001.
・Chaussinand-Nogaret, G., *Louis XVI*, Paris, 2006.
・Dingli, L., *Robespierre*, Paris, 2004.
・Félix, J., *Louis XVI et Marie-Antoinette*, Paris, 2006.
・Gallo, M., *L'homme Robespierre: Histoire d'une solitude*, Paris, 1994.

- Gallo, M., *Révolution française: Le peuple et le roi, 1774–1793*, Paris, 2008.
- Gallo, M., *Révolution française: Aux armes, citoyens!, 1793–1799*, Paris, 2009.
- Hardman, J., *The French revolution sourcebook*, London, 1999.
- Haydon, C. and Doyle, W., *Robespierre*, Cambridge, 1999.
- Lever, É., *Louis XVI*, Paris, 1985.
- Lever, É., *Marie-Antoinette*, Paris, 1991.
- Lever, É., *Marie-Antoinette: La dernière reine*, Paris, 2000.
- Livesey, J., *Making democracy in the French revolution*, Cambridge, 2001.
- Marie-Antoinette, *Correspondance, T.1–T.2*, Clermont-Ferrand, 2004.
- Mason, L., *Singing the French revolution: Popular culture and politics, 1787–1799*, London, 1996.
- McPhee, P., *Living the French revolution, 1789–99*, New York, 2006.
- Ozouf, M., *Varennes, La mort de la royauté*, Paris, 2005.
- Rials, S., *La déclaration des droits de l'homme et du citoyen,* Paris, 1988.
- Robespierre, M. de, *Œuvres de Maximilien Robespierre, T.1–T.10*, Paris, 2000.
- Robinet, J.F., *Danton homme d'État*, Paris, 1889.
- Saint Bris, G., *La Fayette*, Paris, 2006.
- Schechter, R. ed., *The French revolution*, Oxford, 2001.
- Scurr, R., *Fatal purity: Robespierre and the French revolution*, New York, 2006.
- Tackett, T., *Le roi s'enfuit: Varennes et l'origine de la Terreur*, Paris, 2004.

- Tourzel, L.É. de, *Mémoires sur la révolution, T.1–T.2*, Clermont-Ferrand, 2004.
- Vovelle, M., *Combats pour la révolution française*, Paris, 2001.
- Vovelle, M., *Les Jacobins: De Robespierre à Chevènement*, Paris, 1999.
- Walter, G., *Marat*, Paris, 1933.

解説

池田理代子

あまたあるフランス革命史を紐解《ひもと》いても、殆《ほとん》どのものは革命の戦士たち、すなわち、ロベスピエールであるとかダントン、マラ、ロラン夫人であるとか、或《あるい》いは宮廷にあって革命の遂行に深く与《あずか》ったミラボーやオルレアン公、もしくはラ・ファイエット侯であるとか、そうでなければ、華やかな宮廷女性たち、とりわけマリー・アントワネット王妃やマリア・テレジア女帝、高名な宮廷画家ヴィジェ・ルブラン夫人などの立場から描かれたものが概《おおむ》ね全てであると言っても過言ではない。

或いは『フランス革命下の一市民の日記』（セレスタン・ギタール著、レイモン・オベール編）のような当時ごく普通の市民であった者の視点から描かれた記録などの、いわばドキュメンタリーもあるにはある。

そういった日記の作者として名高い一人に当時のフランス国王ルイ十六世があるが、彼の日記というのは、あの激動期を、国の動向とはほぼ無関係な日常の狩りの成果などを淡々と記したものとして、ある意味、役に立たぬ資料として、また揶揄《やゆ》の対象として引用されることが殆どである。

誰も、あの当時のフランスの最高責任者である国王の内面に迫ろうという野心的な企てを抱いたものはいなかったと言ってよいのだ。

何となれば、高位の貴族、或いは王族たちのもっとも大切な務めであり資質といえば、まず己の感情を決して公の場で周囲に気づかれぬことなのだから、多くの廷臣にしろ国民たちにしろ、この孤独な王者の心の有り様を推し量る術といってはなかったのだといわざるを得ない。

貴人たちの務めが、まず己の本心や感情を表に表さぬことであるというのは、実際に日本でも華族制度があった時代に華族の一人として生い育ったある人から、直接に聞いた話である。

まずそういった家柄に生まれ育った人の最初に受ける教育というのは、たとえお傍近くに仕える侍女や執事たちに対してさえ、悲しみや動揺といった感情を見事に押し包むことだというのだから、まことに興味深い。

してみればそういった貴人たちのトップに座している王（或いは王位継承者）が、いかに幼い頃から自分の感情を決して表に出さないよう訓練を受けるかは、想像に難くない。

その結果、感情の動きの鈍い暗愚の者であるかの如くに周囲から評価されてしまったりすることもあるのだから、王たるもの、いかにも割に合わない商売といわざるを得ない。

その点、皇帝というのは、ナポレオンなどのように家柄に関係なく、いわば自分の腕と裁量で勝ち取った地位であるから、怒りも悲しみも動揺も表に出し放題である。いや、本来ならば国のトップの座にある者として、なるべくならばそういった感情は公には押し殺して常に平静を保って事に当たるのが望ましいのは、王と変わりがないのだが、生まれ落ちてよりそういった訓練を受けている王と違って、皇帝にとっては、さぞかし感情を押し殺すのは辛い作業であっただろう。

少し横道にそれてしまったが、言いたかったのは、生まれながらの王であったり将軍であったりする人というのは、ともすれば実際の人格を理解されることなく、周囲や世間のみならず歴史からも不当に低い評価を受けてしまうことがあるということである。

ルイ十六世は、伝えられてきたように本当に木偶《でく》の坊《ぼう》の王だったのだろうか？

大食いで、趣味といえば鍛冶屋《かじや》仕事で、妻マリー・アントワネットとスウェーデンの伯爵フェルセンとの恋愛沙汰にも鈍感、フランス革命の勃発とされているバスティーユ攻撃の日の日記にもただ「何もなし」と記している有名な王は、本当は何を考えていたのだろう？

その答えが、この作品である。

もちろんこれは小説であるので、ここから必ずしも歴史的な真実を間違いなく汲《く》み取れると言い切ることは出来ないが、それでも、我々読者はある共感を持って王の内面に惹《ひ》きつけられ、事件の流れを臨場体験することになる。

王の立場から見た革命の指導者たちや市民たちの非論理性は、はっと目の前が明るくなるくらいに新たな視点を我々に突きつけるし、何よりも、颯爽《さっそう》とした貴公子風のハンス・アクセル・フォン・フェルセン伯爵の駄目さ加減が新鮮でもある。

御者のなりをした彼が王とともに、マリー・アントワネットが宮殿を抜け出してくるのを待ち焦がれる場面で、王妃のシルエットだけで「王妃様がいらっしゃいました」と伝える彼に「もちろん自分の妻だから、大きな腰のシルエットを見れば遠くからでもわかるが、どうしてこの男にあれが王妃だとわかるのだ?」と内心で突っ込むところなど、時代を超えて、腹を抱えて笑ってしまう、人間に共通の可笑《おか》しみがある。

狩りに長け、馬車も上手に操れるという国王が、御者としては全く無能といわざるを得ないフェルセン伯爵に対して初めて優越感に浸るというのも、私などが物語を書くときに見落としていた新鮮な視点だったし、国王一家を国境近くで迎えることになっていたブイエ将軍が、決して無能や怠慢から兵を退かせたわけではないということも、興味深い検証だった。

何よりも、逃亡途中のルイ十六世が、どうしてああも易々と民衆に姿を見破られるような振る舞いをしたのかという点でも、なるほどと得心がいってしまう説得力があった。国境近くの田舎では、確かにまだまだ国王の威光に人々はあのようにひれ伏したのだろう。

運さえ良ければあのまま、国王一家はヴァレンヌを通り過ぎることが出来たに違いない。

本書でも描かれているように、ルイ十六世は無類の読書家であった。大喰らいであったということだけは事実らしいが、決して巷間《こうかん》伝わっているように愚鈍であるとか社交下手であるとか、ましてや無能な統治者であったなどということはなかった。

平穏な時代であったならば、彼の名前は、家族を愛し国民を慈しんだ名君として歴史書に残されたかも知れないとさえ思う。

個人の資質や力量だけでは如何ともしがたい、巨大な歴史の歯車の前で、ただ他の人々と同じように不運であり、同じように無力だっただけなのだと思いたい。

革命を抑えることが出来ず、みすみす平民たちに権力を奪われてしまうルイ十六世に対し、周囲の王室からは一斉に彼の無能をなじる声が上がったというが、それに対して彼はこう答えている。

「安全な場所から人を非難することはたやすい。だが誰も、未だかつて私と同じような事態に直面した者はいないのだ」と。

この言葉を読んだとき、二十代だった私は、なんと言う凄《すご》みと含蓄のある言葉だろうと感嘆した。

その後今日までの人生を生きてくる中で、如何に世の中には「安全な場所から人を非難する」人間が多いかを目の当たりにして来た。

ことに二〇一一年の福島原発の事故以降、そういう醜い日本人の姿が、大挙してブラウン管（今では死語なのだろうな）に現れたような気がしてならない。

なるほど日本人が「絆」という言葉で結ばれたのは確かだとは思うが、一方でまた、自らは安穏とした場所にあって、ただ世相に乗じて人を非難するだけの人間の姿も嫌というほど見せられた。

フランス革命当時、すべての人々が革命の崇高な理想にのっとって行動したわけでは決してない。

あの日々の中で、革命に熱狂した人々でさえもが、やがて苦い不快感に捉われるような数々の出来事が起こっていったのは、歴史の教えるところである。

大きな軋《きし》みをあげて世の中が動いてしまうとき、その動きは、崇高さも醜さも含めて、人間の様々な本質的な姿を炙《あぶ》り出すものだと思う。

そういったひとつの時代の激動の日々の中で、最高権力の座にあって身動きのままならなかった一人の王の、極めて人間的な心の動きに寄り添う楽しみを、本書は与えてくれる。

それは、まさに極上の楽しみである。

小説フランス革命 1~9巻 関連年表

（■の部分が本巻に該当）

1

1774年5月10日	ルイ16世即位
1775年4月19日	アメリカ独立戦争開始
1777年6月29日	ネッケルが財務長官に就任
1778年2月6日	フランスとアメリカが同盟締結
1781年2月19日	ネッケルが財務長官を解任される
1787年8月14日	国王政府がパリ高等法院をトロワに追放
	――王家と貴族が税制をめぐり対立――
1788年7月21日	ドーフィネ州三部会開催
8月8日	国王政府が全国三部会の召集を布告
8月16日	「国家の破産」が宣言される
8月26日	ネッケルが財務長官に復職
	――この年フランス全土で大凶作――
1789年1月	シェイエスが『第三身分とは何か』を出版

3月23日	マルセイユで暴動
3月25日	エクス・アン・プロヴァンスで暴動
4月27〜28日	パリで工場経営者宅が民衆に襲われる（レヴェイヨン事件）
5月5日	ヴェルサイユで全国三部会が開幕
同日	ミラボーが『全国三部会新聞』発刊
6月4日	王太子ルイ・フランソワ死去
6月17日	第三身分代表議員が国民議会の設立を宣言
1789年6月19日	ミラボーの父死去
6月20日	球戯場の誓い。国民議会は憲法が制定されるまで解散しないと宣誓
6月23日	王が議会に親臨、国民議会に解散を命じる
6月27日	王が譲歩、第一・第二身分代表議員に国民議会への合流を勧告
7月7日	国民議会が憲法制定国民議会へと名称を変更
	——王が議会へ軍隊を差し向ける——
7月11日	ネッケルが財務長官を罷免される
7月12日	デムーランの演説を契機にパリの民衆が蜂起

1789年7月14日 パリ市民によりバスティーユ要塞陥落
——地方都市に反乱が広まる——

7月15日 バイイがパリ市長に、ラ・ファイエットが国民衛兵隊司令官に就任

7月16日 ネッケルがみたび財務長官に就任

7月17日 ルイ16世がパリを訪問、革命と和解

7月28日 ブリソが『フランスの愛国者』紙を発刊

8月4日 議会で封建制の廃止が決議される

8月26日 議会で「人間と市民の権利に関する宣言」（人権宣言）が採択される

9月16日 マラが『人民の友』紙を発刊

10月5～6日 パリの女たちによるヴェルサイユ行進。国王一家もパリに移動

1789年10月9日 ギヨタンが議会で断頭台の採用を提案

10月10日 タレイランが議会で教会財産の国有化を訴える

10月19日 憲法制定国民議会がパリに移動

10月29日 新しい選挙法・マルク銀貨法案が議会で可決

11月2日 教会財産の国有化が可決される

3

4

11月頭	ブルトン・クラブが憲法友の会と改称し、集会場をパリのジャコバン僧院に置く（ジャコバン・クラブの発足）
11月28日	デムーランが『フランスとブラバンの革命』紙を発刊
12月19日	アッシニャ（当初国債、のちに紙幣としても流通）発売開始
1790年1月15日	全国で83の県の設置が決まる
3月31日	ロベスピエールがジャコバン・クラブの代表に
4月27日	コルドリエ僧院に人権友の会が設立される（コルドリエ・クラブの発足）
1790年5月12日	パレ・ロワイヤルで1789年クラブが発足
5月22日	宣戦講和の権限が国王と議会で分有されることが決議される
6月19日	世襲貴族の廃止が議会で決まる
7月12日	聖職者の俸給制などを盛り込んだ聖職者民事基本法が成立
7月14日	パリで第一回全国連盟祭
8月5日	駐屯地ナンシーで兵士の暴動（ナンシー事件）
9月4日	ネッケル辞職

5

1790年11月30日	ミラボーがジャコバン・クラブの代表に
12月27日	司祭グレゴワール師が聖職者民事基本法に最初に宣誓
12月29日	デムーランとリュシルが結婚
1791年1月	宣誓聖職者と宣誓拒否聖職者が議会で対立、シスマ（教会大分裂）の引き金に
1月29日	ミラボーが第44代憲法制定国民議会議長に
2月19日	内親王二人がローマへ出立。これを契機に亡命禁止法の議論が活性化
4月2日	ミラボー死去。後日、国葬でパンテオンに偉人として埋葬される
1791年6月20〜21日	国王一家がパリを脱出、ヴァレンヌで捕らえられる（ヴァレンヌ事件）
1791年6月21日	一部議員が国王逃亡を誘拐にすりかえて発表、廃位を阻止
7月14日	パリで第二回全国連盟祭

6

7

8

7月16日	ジャコバン・クラブ分裂、フイヤン・クラブ発足
7月17日	シャン・ドゥ・マルスの虐殺
1791年8月27日	ピルニッツ宣言。オーストリアとプロイセンがフランスの革命に軍事介入する可能性を示す
9月3日	91年憲法が議会で採択
9月14日	ルイ16世が憲法に宣誓、憲法制定が確定
9月30日	ロベスピエールら現職全員が議員資格を失う
10月1日	新しい議員たちによる立法議会が開幕
11月9日	亡命貴族の断罪と財産没収が法案化
11月16日	ペティオンがラ・ファイエットを選挙で破りパリ市長に
11月25日	宣誓拒否僧監視委員会が発足
11月28日	ロベスピエールが再びジャコバン・クラブの代表に
12月3日	亡命中の王弟プロヴァンス伯とアルトワ伯が帰国拒否声明
	——王、議会ともに主戦論に傾く——
12月18日	ロベスピエールがジャコバン・クラブで反戦演説

初出誌　「小説すばる」二〇〇九年一月号〜二〇〇九年四月号

二〇一〇年三月に刊行された単行本『王の逃亡　小説フランス革命Ⅴ』と、
同年九月に刊行された単行本『フイヤン派の野望　小説フランス革命Ⅵ』
（共に集英社刊）の二冊を文庫化にあたり再編集し、三分冊しました。
本書はその一冊目にあたります。

佐藤賢一の本

ジャガーになった男

「武士に生まれて、華もなく死に果ててたまろうものか！」〝戦い〟に魅了されたサムライ・寅吉は冒険を求めて海を越える。17世紀のヨーロッパを駆けぬけた男の数奇な運命を描く。

集英社文庫

佐藤賢一の本

傭兵ピエール（上・下）

魔女裁判にかけられたジャンヌ・ダルクを救出せよ——。15世紀、百年戦争のフランスで敵地深く潜入した荒くれ傭兵ピエールの闘いと運命的な愛を雄大に描く歴史ロマン。

集英社文庫

佐藤賢一の本

赤目のジャック

殺せ。犯せ。焼きつくせ。中世フランスに起きた農民暴動「ジャックリーの乱」。農民が領主を虐殺するモラルの混乱の中で、青年フレデリは人間という「獣」の深い闇を見てしまう。

集英社文庫

佐藤賢一の本

王妃の離婚

１４９８年フランス。国王が王妃に対して離婚裁判を起こした。田舎弁護士フランソワは、その不正な裁判に義憤にかられ、孤立無援の王妃の弁護を引き受ける……。直木賞受賞の傑作。

集英社文庫

佐藤賢一の本

カルチェ・ラタン

時は16世紀。学問の都パリはカルチェ・ラタン。世間知らずの夜警隊長ドニと女たらしの神学僧ミシェルが巻き込まれたある事件とは？　宗教改革の嵐が吹き荒れる時代の青春群像。

集英社文庫

佐藤賢一の本

オクシタニア（上・下）

宗教とは、生きるためのものか、死ぬためのものか。13世紀南フランス、豊饒の地オクシタニアに繁栄を築いた異端カタリ派は、十字軍をいかに迎え撃つのか。その興亡のドラマを描く、魂の物語！

集英社文庫

集英社文庫

王《おう》の逃亡《とうぼう》 小説《しょうせつ》フランス革命《かくめい》7

2012年3月25日 第1刷 定価はカバーに表示してあります。

著 者 佐藤賢一《さとうけんいち》

発行者 加藤 潤

発行所 株式会社 集英社

東京都千代田区一ツ橋2-5-10 〒101-8050

電話 03-3230-6095（編集）

03-3230-6393（販売）

03-3230-6080（読者係）

印 刷 凸版印刷株式会社

製 本 凸版印刷株式会社

フォーマットデザイン アリヤマデザインストア マークデザイン 居山浩二

ISBN978-4-08-746803-8 C0193